Collection **L'Imaginaire**

Gabrielle Wittkop

LA MORT DE C.

suivi de

LE PURITAIN PASSIONNÉ

Préfaces de Yannick Haenel et Grégory Le Floch

Postface de Nikola Delescluse

Gallimard

Gabrielle Wittkop dans son appartement à Francfort, 1998.

Née en 1920 à Nantes, Gabrielle Wittkop s'est établie à Francfort en 1945, partageant sa vie avec l'essayiste allemand Justus Franz Wittkop. Journaliste pour les pages culturelles du *Frankfurter Allgemeine Zeitung*, voyageuse au long cours aux confins de l'Asie, elle est morte comme elle a vécu, « en homme libre », le 22 décembre 2002.

1

CLARTÉ DU COUP DE FOUDRE

Je viens de découvrir Gabrielle Wittkop ; je n'en reviens pas. Un rire m'illumine, qui éclabousse les évidences : j'ai envie de hurler de joie. « Le véritable cri ne fait vibrer aucun cristal, écrit-elle, mais descend jusqu'au cœur de la terre, dans les veines de la terre, parmi les limons, les gisements. » Ce cri silencieux, n'est-ce pas la littérature ?

J'ai lu trois fois d'affilée *La mort de C.,* ce texte glacé comme un couteau où un homme n'en finit pas de trouver la mort dans les rues nocturnes de Bombay. Sa construction rhapsodique contient des secrets qui vous parleront comme on chuchote un sacrilège : c'est l'art subtil de la *glissière,* que pratiquent les sacrificateurs.

La lumière qui émane d'un tel récit évoque le tumulte de la lune : gris cendre est la couleur du rite. La littérature est une cérémonie profane qui se substitue au sacré ; et qui, parfois, le fait renaître.

On l'a peut-être oublié, et lire Gabrielle Wittkop le rappelle avec une souveraine insolence : la littérature interroge passionnément le mystère des derniers instants ; elle s'introduit au cœur de ce film syncopé qu'est *l'instant de l'instant* afin d'en rapporter quelque spasme, une jacinthe, le rien extasié d'un poème. Voler son secret à la mort est son exigence, son vertige.

Et puis, au cours d'une insomnie, j'ai lu *Le puritain passionné*, ce roman d'adoration où un homme – est-ce un quidam, un dément, un roi secret ? – tombe amoureux d'un tigre. J'avais les yeux en feu, cela m'arrive à chaque lecture fatidique : « Marquez le jour où vous lisez d'un caillou de flamme, vous qui avez pâli sur les textes des philosophes ! », écrit Georges Bataille en préface à *Madame Edwarda*.

Je cite Bataille parce que, lisant Wittkop, j'ai pensé à une phrase de lui qui avait impressionné mon adolescence : « L'acte sexuel est dans le temps ce que le tigre est dans l'espace. » Et puis, giflé par cette scansion d'orages rigoureux qui électrise les récits de Gabrielle Wittkop, j'ai oublié Bataille et Sade, et même Annie Le Brun – sa sœur transgressive –, venue pourtant en amie dans mes pensées. Délivré de ces trop lourdes références, je me suis jeté à l'eau et me suis aventuré dans *Le nécrophile*, ce livre dont je ne me remets pas parce qu'il est plus scandaleux que tous les livres, et follement *innocent* : immaculé comme un agneau qui ne craint aucune souillure.

Enfin, rédigeant cette préface, je lis ce bijou rose archipel (comme on dit rose poussière) – *Chaque jour est un arbre qui tombe* –, dont je me répète cette phrase qui sonne comme un manifeste : « Je me sens plus étrangère qu'une météorite solitaire et libre de tout conflit, de toute dépendance, de toute culpabilité et parfaitement inadaptable à toute interprétation qu'on voudrait donner de ma personne. »

Moi aussi, lisant Gabrielle Wittkop, gorgé de son rythme d'algues sensuelles, je me sens un étranger, une étrangère, je ne me sens plus ni homme ni femme, ni je ni il, ni rien ni personne. Je jouis de ma cendre et du sang fleurit dans ma bouche : c'est l'amour.

Je me récite maintenant cette phrase de *La mort de C.* : « Franchir un seuil est un acte de pureté », qui déplace l'idée même de transgression ; et voici que feuilletant de nouveau *Le nécrophile*, je tombe sur sa sœur jumelle : « Il y a pureté chaque fois qu'un seuil est franchi. »

« Nul ne sait la couleur de l'anéantissement », écrit-elle, mais dans les plis de son texte, tandis qu'agonise C., et que la littérature, conviée à dévorer les restes de son banquet froid, en récapitule l'extase malsaine, émerge soudain au détour d'une phrase, discrète comme une aurore qu'on n'espérait plus, le *gris clair des cendres*.

Le silence qui s'écoule entre les phrases signe la qualité d'un écrivain : inventer un nouveau silence - couleur *gris clair des cendres*, donc -, seule la littérature s'en rend capable, comme les amants qui se taisent, stupéfaits de jouir autant l'un de l'autre.

La nudité d'une écriture ne se mesure pas, mais entre les phrases, tramée de points-virgules comme autant de perles grises ou noires, s'éclaire une violente entaille, proche de l'oracle et de l'embuscade, où s'écrit la beauté de toute angoisse changée en délice.

Notre époque fait triompher ce qui la rassure (ainsi font toutes les époques) ; mais qui peut croire sérieusement que la vérité réside dans le dorlotage ? Lire appelle la nudité d'une lumière coupante ; les voluptés sont déchirantes lorsqu'en elles une obsession se précise ; ainsi se donne la littérature, qui procède d'une adoration des détails.

Ouvrez au hasard Gabrielle Wittkop : « Ses paupières, la pointe de ses seins, son sexe avaient ce bistre profond et un peu violâtre qu'on trouve au velours de certains champignons ou aux hortensias touchés par le gel. »

Les phrases de ce livre sont mauves et pâles ; le soir, elles tournent au blanc bleuté, couleur de lèvres et de gelées marines ; et dans la nuit, vers trois heures du matin, sachez-le, c'est le beige de l'aréole des seins qui s'empare de la lecture.

La platitude rassurante qui prévaut assez souvent dans la littérature contemporaine relève d'une collaboration avec les manières de vivre les plus réactionnaires : la société s'adresse à nous comme à des enfants qu'on gave pour faire taire en eux la fantaisie ; elle a toujours intérêt à ce que nous restions sages. Ainsi veille-t-elle à réduire ce qui la gêne : principalement notre langage, qu'elle ne cesse de châtrer.

Mais l'écriture ne s'accommode d'aucune limite. L'oblation que raconte chacun des récits de Gabrielle Wittkop met en jeu un amour inqualifiable pour l'objet qui nous anéantit : la passion pour le sacrifice est sa vérité ; elle est incontrôlable.

Quand j'écris, le matin, vers quatre ou cinq heures, il m'arrive de craindre que le feu des phrases ne faiblisse : pour qu'elles continuent à crépiter, je m'y jette tout entier. Un jeune maharadja, lors d'une famine, ne pouvait plus nourrir son félin et s'est offert à ses mâchoires. C'est ainsi que je prends part au sacré (je ne veux pas en dire plus) : l'amour est sans limites.

Juste un mot pour les « puritains passionnés » qui hésitent à plonger dans cette œuvre : lisant Wittkop, on est, comme avec Sade, moins troublé dans sa sensibilité que démenti dans sa pensée ; et il arrive, avec *Le nécrophile*, qu'on soit moins convaincu par les horreurs qu'orchestre le roman qu'attiré par le vide inouï où elles convergent. J'admire ainsi que Gabrielle Wittkop ne se laisse effrayer par aucune conséquence. L'écriture a-t-elle le droit d'être inadmissible ? La société, qui se croit vertueuse, répond non. Eh bien, c'est oui, ça a toujours été oui : l'écriture a le droit d'être inadmissible. Plus qu'un droit, c'est sa nature.

Pour autant, les livres de Gabrielle Wittkop ne sont spécialisés dans aucun érotisme déviant, et j'espère que vous ne les réduirez pas aux filières de l'Éros morbide. Plongez très simplement à la suite du solitaire amoureux d'un tigre, lisez les errances picaresques du *Nécrophile* : vous verrez que la passion s'agrandit à proportion de l'amour, voire de la tendresse, qu'on porte aux choses interdites.

Je crois que l'arabesque intérieure propre à toute écriture décalque le squelette de son auteur ; elle constitue son filigrane cendreux. C'est pourquoi la littérature est si scandaleuse, même si un scandale de cet ordre est de moins en moins audible, même si personne ou presque n'en distingue l'effarante beauté : écrivant, ma mort remonte depuis les profondeurs en un murmure de stalagmite, elle sourit enroulée dans la chaux des étoiles de mer où s'effritent mes os comme un corail qui chante.

Entendez-vous Kali chanter dans les labyrinthes de Gabrielle Wittkop ? La mort s'invite au fond de toute clarté. Figurez-vous qu'on n'en meurt pas. On meurt de tout, sauf de la littérature.

YANNICK HAENEL

2

L'IDÉE FIXE

L'oracle a parlé.

À Paris, sur un quai de métro, Gabrielle prédit à Christopher qu'il sera assassiné. Puis elle l'écrit, noir sur blanc, dans sa dédicace au *Nécrophile* en 1972 : « À mon ami C. D. qui lui aussi tombera dans la mort comme Narcisse dans son image. » La prophétie devient publique, ineffaçable. Tatouée sur le front. « *You are a pythonist* », lui répond Christopher. Six mois plus tard, à Bombay, une lame plonge dans son foie et tourne rageusement dans la plaie. L'issue est fatale.

Gabrielle a une « prescience naturelle » concernant son ami. Mais elle n'est pas pour autant la pythie d'un seul homme. Sa capacité à voir, à soulever des voiles que personne jusque-là n'avait soulevés, son habileté à éclairer la forêt obscure se révèlent partout dans son œuvre. Ne connaissant aucun tabou, elle explore chaque recoin de l'âme humaine et devine ses atrocités.

« Je voudrais avoir sept vies », lui confie un jour Christopher, qui savait que la première d'entre elles n'atteindrait pas à son terme naturel. Il avait conscience qu'il s'adressait là à un écrivain. Les sept vies supplémentaires qu'il demandait, Gabrielle les lui offrit. Mais au préalable il a fallu rectifier un détail. Lors de la reparution du *Nécrophile* en 2001, elle corrige sa dédicace : « À la mémoire de C. D., tombé dans la mort comme Narcisse dans son image. » L'oracle accompli, la littérature devait en tenir registre. Mort, Christopher continuerait à vivre dans les livres de Gabrielle comme un phare obscur. En effet, il s'incarne tantôt dans Harley, personnage de la nouvelle du même nom, tantôt dans Bob du *Livre des monstres*[1], et sûrement se matérialise-t-il ailleurs encore, peu reconnaissable si ce n'est pour l'auteur, ultime voyant.

Christopher est le troisième deuil que connaît Gabrielle. Le tout premier, celui de sa mère, la laisse parfaitement indifférente. La relation entre elles ne s'étant jamais nouée, ce sont deux êtres qui se quittent sans s'être jamais connus. Elle raconte à son éditeur, Bernard Wallet, que le seul lien qu'elles aient jamais eu consistait en un maigre et froid dialogue le matin, lorsque Gabrielle, enfant, la retrouvait dans sa chambre pour demander : « Maman, avez-vous bien dormi ? » Et celle-ci de répondre : « Passablement. » L'histoire s'arrête là.

En revanche, la mort de son père en 1959 la bouleverse. Homme des Lumières, il lui avait ouvert sa bibliothèque, lui avait appris le sens de la liberté. Elle lui doit beaucoup, notamment son matérialisme philosophique. Puis survient la mort de Christopher en 1973. Lorsqu'elle l'évoque, même trente ans après, sa voix devient plus grave. « J'étais déjà mariée, mais Justus ne m'a jamais entravée. » Christopher est celui pour qui elle ose écrire le mot *amour* : les cendres de

1. Texte encore inédit.

C., jetées à la mer, sont ingérées par des algues au nom latin significatif, *jania rubens Lamour, sargassum cinereum Lamour...*

De Christopher, on connaît peu de choses. Né en Angleterre, il a vécu à Londres, puis à Oxford, avant de s'installer à Bâle pour écrire dans un journal local. Ils ont tant en commun : la bisexualité, le journalisme, la passion de l'Asie et celle du théâtre... Mais peut-être que ce qui les unit le plus fortement est leur lucidité face à la mort, la perception nette du destin. Sous la plume de Gabrielle, Christopher perd ce qui fait de lui un être biographiquement situable, il devient C., personnage stylisé, schématisé grâce à cette initiale qui le transforme en un élément de formule mathématique. Il est le héros tragique écrasé par la fatalité, à l'image d'Œdipe et de Hamlet. Chaque mot se pose alors sur la page comme un nouveau rouage d'une gigantesque *machine infernale*. La mort est nécessaire, programmée. Dans cette tragédie moderne, la voix de Gabrielle devient celle d'un chœur révélant partout où ils se cachent les avertissements de la mort. Ainsi comprend-on que si les fleurs cultivées par C. dans son jardin d'Oxford sont si belles, c'est que la terre qui les nourrit est gorgée de l'engrais « d'anciens charniers longuement fumés par les grandes pestes médiévales ».

Accompagné depuis toujours par la mort, C. mène sa vie comme une répétition générale à son trépas. En comédien amateur, il joue Œdipe, jetant avec malice - comme pour se moquer du destin - un œil de mouton sur les spectateurs au moment de la scène terrible de l'aveuglement. Il se glisse également dans la peau de Thomas Becket, l'archevêque de la pièce de T. S. Eliot, qui revient en Angleterre malgré la certitude qu'il a d'y être tué. C'est comme s'il fallait expérimenter un à un, dans son corps, ses gestes et sa propre langue, tous les motifs d'un anéantissement inéluctable.

Comme s'il fallait faire siens les avertissements tragiques de la Pythie.

Si Gabrielle choisit de s'effacer dans *Le puritain passionné*, si sa voix d'oracle n'y vibre pas, il n'en reste pas moins que la mort plane aussi dès les premières pages de ce deuxième roman où résonnent les trompettes du *Requiem* de Mozart. Denis, le personnage principal, mourra, nous en avons l'assurance. C'est presque un pacte que Wittkop scelle avec son lecteur. À lui néanmoins de deviner comment la mort frappera cette fois-ci car, face au destin, Denis adopte une position bien différente de celle de C. Et de cet écart, de cette variation, naît sûrement la raison pour laquelle ces deux romans se joignent en un seul volume depuis leur origine. D'abord en 1975, chez Christian Bourgois, puis en 2001 par la volonté de Bernard Wallet de republier tout l'œuvre de Gabrielle aux Éditions Verticales, et enfin aujourd'hui dans « L'Imaginaire ».

L'alliage de ces deux textes serait, selon Gabrielle, le fruit d'un « hasard d'énergie créatrice ». Cette énergie a néanmoins produit deux œuvres soumises à la même fatalité, adossées l'une à l'autre et incarnées chacune par un visage tourné dans une direction opposée.

Le cadre mental des personnages a bien des ressemblances, Christopher et Denis habitent tous les deux le même pays : celui du labyrinthe. Le premier est perdu dans les ruelles de Bombay, le second dans les motifs enchevêtrés de la fourrure d'un tigre. Pour l'un comme pour l'autre, le dédale se fait intérieur, obscur, monstrueux. Le premier titre du roman de Denis était *L'idée fixe* et l'on peut imaginer le personnage se cogner aux murs froids de son obsession incompréhensible pour les tigres.

Le labyrinthe devient terrible lorsqu'il se change en palais des glaces grimaçants : C. n'a d'autre choix que de croiser dans Bombay tout un peuple de zombies et de vampires agonisants, comme autant de projections de ce qu'il aurait pu être dans d'autres circonstances. Denis, en parfait janséniste, a lui l'obsession du miroir, de l'introspection, de la scrutation intérieure. Il commence un roman, invente Mathieu, un double de lui-même, qu'il enfonce aussi loin qu'il peut dans l'immonde. C'est précisément là que plongent les deux personnages en permanence. Dans l'infâme, le sordide. Et par l'œil de Gabrielle qui ne cligne jamais, le lecteur voit tout.

Leurs routes se séparent néanmoins ici. Car C. est digne et lucide face à la Mort, tandis que Denis, qui ne cesse de se scruter, est aveugle, ridicule, pathétique. Le premier affronte sans ciller l'abîme, le second fuit, gesticule, se noie. C'est en cela que l'un est un héros tragique, résumé à une initiale, à une idée presque, tandis que l'autre, plongé dans son drame, n'est qu'un homme parmi les hommes.

À travers ces deux romans, deux sphinx interrogent le lecteur. « Qu'est-ce que la mort ? » demande *La mort de C.* « Qu'est-ce que la vie ? » demande *Le puritain passionné.*

C. est celui qui ne cesse de mourir : Gabrielle imagine toujours de nouveaux chemins possibles, de nouveaux scénarios menant invariablement à cette lame plantée dans le foie. Mais quand la mort de C. a-t-elle vraiment commencé ? N'est-il pas déjà à demi mort, lorsqu'il erre à Bombay comme Orphée aux enfers ? Sa mort remonte-t-elle donc à Bâle ? À Oxford ? Ou bien même à Londres, lorsque enfant il se promenait dans les ruines du Crystal Palace ? Et nous, lecteurs, notre mort a-t-elle déjà commencé ? C'est ce qu'on ne peut éviter de se demander car, chez Wittkop, la mort déborde au point que l'on ne puisse plus distinguer ce qui vit de ce qui meurt. Et qu'est-ce que mourir sans un Dieu ? Qu'est-ce que mourir lorsqu'on a lu, à l'instar de Gabrielle, Condillac, La Mettrie, Helvétius, philosophes matérialistes pour qui l'homme flotte entre deux néants ? Le roman se place au-delà d'un simple *Memento mori* car il nous plonge dans un questionnement fondamental, il nous invite à entrer dans une fabuleuse danse macabre. Précisons que Christopher a vécu dans ce charmant petit quartier de Bâle appelé Totentanz (« Danse des morts » en allemand) car il abritait une fresque de plus de soixante mètres de long, qui représentait une farandole de squelettes emportant dans leur ronde évêques, nobles, fermiers et médecins, sur la face intérieure d'un cimetière aujourd'hui détruit. Coïncidence stupéfiante : dans l'une de ces rues, qui porte également le nom de Totentanz, se trouve aujourd'hui le New Bombay, un restaurant indien…

Il ne faudrait pas commettre l'erreur suivante en lisant Wittkop : croire que sa lucidité face à la mort est morbide. Gabrielle le dit elle-même sur le plateau de *Bouillon de culture* : « On ne vit pleinement que quand on pense à la mort. » Cela lui procure « une force sauvage », un désir de rire indomptable. Car Gabrielle est une « joyeuse pessimiste » qui compose des limericks et s'amuse à tracer des dessins aux allures cartoonesques. Le rire n'est possible que grâce à la mort. Aussi Gabrielle avait-elle décidé de se suicider, en temps voulu, et encourageait-elle son mari à suivre son exemple. « Vivre en homme libre », voilà le principe qu'elle s'est toujours donné.

La liberté, c'est exactement ce qui manque à Denis, le personnage du *Puritain passionné*. Soumis à différentes chimères, il est prisonnier, enchaîné. Qu'est-ce que vivre alors ? Denis nous offre un contre-exemple parfait. Le joug de la religion sur son esprit explique en grande partie l'échec de sa vie – et celui de sa mort. Gabrielle, en digne petite-fille de Sade, est férocement opposée à tout ce qui annihile l'homme. Elle n'a ni foi ni Dieu. Et lorsque, aux portes de la mort, elle est alitée dans un hôpital tenu par des religieuses, elle demande à son éditeur, Bernard Wallet, de commencer chacun de ses appels téléphoniques par la formulation d'un terrible blasphème. Une façon d'être libre jusqu'au bout. C'est la condition de la dignité selon elle.

Christopher est plus qu'on ne le croit un homme libre, à l'image de Gabrielle. S'il meurt, ce n'est pas victime d'une main étrangère. Car cette main, il l'a cherchée dans les rues de Bombay, il l'a provoquée, afin que soit accompli le geste qu'il n'osait pas faire lui-même. C'est, selon l'expression de Gabrielle, un « suicide par procuration ». Comme si elle brisait les chaînes de la fatalité pour redonner à C. sa liberté. Jusqu'au fond des enfers, elle parvient à conserver la dignité de son ami, au point que l'on peut se demander qui est le véritable Orphée du roman. Christopher, le « poète assassiné » ? Mais il erre dans Bombay sans qu'aucune Eurydice n'attende son secours. Il est un Orphée dénudé, dépossédé de sa lyre et de sa voix. Celle qui au contraire plonge dans la nuit infernale et interroge la mort, celle qui se met à la recherche de son Eurydice bien-aimée et lui compose un poème, celle qui nous initie aux mystères les plus obscurs, c'est bien Gabrielle, figure moderne du poète.

GRÉGORY LE FLOCH

LA MORT DE C.

Les choses n'étant jamais ce qu'elles sont, C. va mourir dans une chambre du St. George Hospital, à Bombay, ville sans âme.

Donc C. Son nom véritable est un nom d'anabaptiste, un nom violent d'anabaptiste, médiéval et saint et qui peut-être - ainsi que bien des noms - est un portrait ou un semblant de portrait ou une image appliquée. Disons C. et même si le nom véritable, le nom d'anabaptiste, est comme une pierre lancée, un cri dans le temple, un défi dont l'écho meurt à des rives qui n'ont rien de médiéval ni de saint.

Le monogramme proprement stylisé pourrait former un anneau coupé d'une barre verticale, naïve figure d'un monde durement divisé, d'une schizophrénie.

La mort de C. Et que les facétieux, s'ils y pensent seulement, disent que, né sur une île, il meurt sur une île, Bombay.

C. Un homme tourné vers les voluptés et la mort, car il a toujours su le jour et l'heure. Un Anglais, qui commençait à s'empâter, pouvait devenir violent quand il avait bu, enterrait ses trésors au pied de la lunaire, se hâtait de vivre afin de remplacer la durée par l'intensité. C., une masse cellulaire de cent quadrillons de cellules, cent quadrillons de mondes, approximativement.

C., comme « chaos ». Tumultueuse sa vie, tumultueuse sa mort. Mais l'histoire de C. et son caractère n'ont eux-mêmes que peu d'importance, la seule chose qui compte étant seulement C. face à sa mort, impliqué dans sa mort, dans une mort qui par hasard est la sienne, seuil, passage, départ.

... en effet, votre lettre me laisse supposer que vous ignorez encore la triste nouvelle. Notre ami est décédé le mois passé à Bombay, des suites d'une agression dans la rue...

Décédé, Cé Dé... *Decessus*. Départ. Il est vrai que C. aura plusieurs décès, morts accessoires et secondaires groupées autour de son grand décès, puisque tel est le terme par lequel on informe ceux qui restent. Le mot décès mériterait aussi quelque étude, à mi-chemin entre l'hypocrisie des vocabulaires convenus et son sens plus profond. Mort naturelle des dictionnaires et des manuels mais aussi quelquefois - et la main voile la bouche - arrachement violent, fuite peut-être, désordre d'avant la grande expédition. Départ à épisodes et paliers pour C., depuis son premier souffle jusqu'à son dernier hoquet.

Départ violent mais désistement secret.

C., non pas typique mais singulier pourtant, même si

son histoire est dépersonnalisée par ce que la mort a de général - *thou know'st'tis common ; all that live must die, passing through nature to eternity.* En fait, il n'est pas certain qu'il serait un individu dont on écrit l'histoire, mais un individu dont la mort est si parfaitement descriptible que cette description serait digne de s'étendre dans diverses possibilités de l'imaginaire.

À partir du moment où, compte tenu des contingences humaines, tout est possible, chaque principe élémentaire du raisonnement logique, basé sur le système d'élimination de l'impossible, est lui-même exclu. Ce qui serait trop facile, les facteurs les plus décisifs étant toujours les plus impondérables. Ceux qui sont mystérieusement ancrés dans de très antiques événements, enfouis dans des gelées abyssales, dans d'infinies ténèbres, des régions infinies, des temps infinis, des galaxies, peut-être même des vides, là où se forment les choses et les destinées. Images, paysages, associations inconnues.

Diverses radiographies d'un meurtre. La mort de C. ou, puisque c'est le mot, quelques décès contradictoires. Mais tous véridiques.

« La Mort apprend à vivre aux gens incorrigibles. »

... naturellement, comme vous l'avez supposé, dans une rue infâme et à une heure tardive.

C. avait passé la soirée chez un couple qu'il connaissait. Il est parti vers minuit pour regagner son hôtel, passant par une artère principale qui était néanmoins fort déserte vu le temps anormalement froid.

Il est cinq heures de l'après-midi. C'est la mousson d'hiver, la tempête sèche qui balaie Bombay, tandis qu'au bout du monde, dans les régions polaires, règne la nuit. Un vent dur qui souffle en rond du nord-est vers le sud-ouest et cessera bientôt car c'est la fin janvier. Un vortex soulève l'homme au-dessus de lui-même dans une spirale ascendante, le revêt d'euphorie. Chaque détail est dessiné avec une précision absurde, qu'il s'agisse de la *Lady of Progress*, debout sur la gare Victoria, main droite levée, frappée par tous les éclairs d'Indra un jour noir d'été, ou d'une vache *arni* au pelage troué, en train d'agoniser dans la poussière. D'autres vaches demi-moribondes mangent les enveloppes vides jetées devant un bureau de poste. Les vautours claquent des ailes au-dessus d'une échoppe où l'on vend des cotonnades. Tout est très clair. Chaque crachat se dessine sur le sol comme une île sur la mer, îles rouges de betel ou de sang, îles glauques de morve, archipels glaireux, le cerveau s'élance en jet, sperme d'œil, mucosités étoilantes, voie lactée, sputum laiteux.

Mousson d'hiver. Bientôt, il fera chaud déjà. Dans tout le Maharashtra, la faim menace, une faim d'os, une femme d'os, une femme faucheuse.

C. longe l'avenue, passe devant une bijouterie aux filigranes mercuriels, il passe devant un café où des hommes attendent le barbier depuis dix mille ans. Il passe devant un bazar où tout est kaki. Il passe devant un magasin de motocyclettes dont personne ne veut et qui de tous leurs phares regardent ceux qui passent.

C. est invité pour le thé chez deux amis. Voici qu'il va tourner le coin de la rue. Son ombre - ombre d'hiver - le précède pour la dernière fois, ombre d'un homme vivant, d'un homme en marche. Tout compris, si l'on pense aux avant-derniers pas, leur nombre n'excédera pas quelques milliers avant le but.

L'ombre est longue, les jambes immenses qui avancent puis se raccourcissent et rentrent brusquement sous lui, sous C. qui lui-même entre dans l'ombre d'un porche et bientôt entrera dans d'autres ombres. C. qui va basculer dans son ombre, ombre lui-même, C. qui va s'inscrire dans son propre découpage, enfin réintégrer son négatif, reprendre domicile dans son moule d'au-delà.

Il monte à pied jusqu'au deuxième étage. Il sonne et on lui ouvre. L'appartement est occupé par deux amis.

A. est petit, gracile, très bien habillé - cachemire crème et flanelle blanche. Il est jeune et louche très légèrement. B., plus grand, un peu plus âgé et plus sombre de peau, porte du vieux tweed car il a étudié à Oxford et le temps est vraiment très froid même pour la saison.

L'appartement consiste en un décor qui n'existe plus ou n'existe pas encore, un décor absurde qui exprime une perte, un non-lieu, une abdication. Rien ne demeurera pour le souvenir, si ce n'est un divan étroit couvert d'un tapis à petits losanges rouges et verts, dessin qui ira loin, et une table basse sur laquelle est posé un *kriss* à la lame ondoyante comme une eau.

Small talk et plats de sandwiches. Thé et whisky. A. dit qu'il est extrêmement difficile de doser le *charas*, le meilleur de tous les haschichs, précisément vendu à Bombay. Il se sert pour cela d'une petite cuillère d'argent, une petite cuillère très creuse et ronde qu'il emplit à ras bord. B., derrière le voile de tabac d'une pipe anglaise, fixe sur C., qui boit beaucoup, un œil d'obsidienne enchâssé de velours beige, observe C. qui regarde A. mangeant doucement son *charas*, A. l'œil plafonnant, la bouche en feuille de laurier, désirable et déjà lointain. C. vibre et tremble. Ses mains sont longues. B. l'observe sans parler. Un instant il tend l'oreille car dehors une rumeur s'enfle, confuse, monstrueuse, flux et reflux. Avant qu'elle disparaisse, il y a eu un cri, unique et strident.

Des armées de squelettes descendent des faubourgs et s'insurgent. Des squelettes brandissant couteaux et rasoirs clament qu'ils veulent manger et la police kaki tire dans le tas, tire dans la masse. Les pauvres de Bombay mangent leur main et gardent l'autre pour demain.

B. écoute décroître la rumeur. A. s'enfonce doucement dans les coussins de soie, sur le tapis vert et rouge du divan. C. se lève brusquement et arrache son pull-over, arrache sa chemise, déboucle sa ceinture. B. se lève et pose sa pipe dans le cendrier. Son visage se contracte et pâlit. Tous les objets se transfigurent en un seul instant. Comme par artifice, en un seul instant.

« Heurtebise : Cachez-vous derrière les massifs, je dirai que vous êtes en voyage.

Orphée : Inutile, Heurtebise. Les choses arrivent comme elles doivent arriver. »

Les choses arrivent selon la loi des réverbérations psychiques et les rites purificatoires sont impénétrables.

C. passe devant un magasin de motocyclettes dont personne ne veut et qui de tous leurs phares regardent ceux qui passent. C. entre dans l'ombre du porche, passe sous l'arcade dans la petite cour aux bananiers. Il monte à pied jusqu'au deuxième étage. Il sonne et on lui ouvre. L'appartement est occupé par deux amis. B. est absent, ayant dû partir en voyage. A. est nu sous une robe de chambre en soie aubergine à ramages d'or. Il sourit. Il penche la tête sur l'épaule droite comme C. penchera bientôt la sienne. Le sourire de C. - bouche tendre et forte et molle et relevée vers la droite, bouche au trait suffisant mais infantile, parfois avec une petite distorsion quand il parle -, le sourire de C. se gonfle, palpite. Il a de petites dents. C. est un homme sûr de lui. Les inhibitions lui sont étrangères. Ses bras sont forts, ses gestes prompts. L'épaule d'A. n'est ni brune, ni jaune, ni sombre mais dorée. Une peau d'or, indiciblement douce, une glissière.

Mais vers minuit, une clé tournera brusquement dans la serrure.

— Laisse-moi t'expliquer... Écoute-moi au moins...

A., lui, s'est enfui à l'autre bout de la pièce, s'est immobilisé entre la fenêtre et le téléphone.

La table basse se renverse. Un homme nu est facile à maîtriser.

— Aaaaaaaaah !

C. avait conçu sa vie comme une espèce de jeu, un *snapdragon*, le récipient d'eau-de-vie enflammée dans lequel il faut plonger les doigts et retirer des raisins secs sans se brûler.

Il a perdu. Perdu comme il perd à tous les jeux. Comme toujours, il a tout su au fond de lui-même. Aussi son argent s'est-il épuisé juste à temps, aussi les adieux à ceux qu'il a laissés sur d'autres continents ont-ils été brefs et sobres.

Depuis quelque temps, C. perdait pied chaque jour davantage, sa vie s'amenuisait. Il pensait souvent à son premier voyage en Inde, plusieurs années auparavant, savait qu'il lui faudrait retourner là-bas, que là-bas devait s'accomplir ce que lui-même refusait d'accomplir de ses propres mains. L'occasion s'est présentée, ne pouvant manquer de le faire. Journalisme. *Free-lance.*

Il existe une photo de C. dans le rôle de Thomas Becket, sur la scène d'une université européenne. Une photo floue, aux bords d'un blanc incertain, au centre d'ombre diffuse où se détache un homme en dalmatique, debout, de face. Le visage un peu en recul est rasé, sauf deux pattes descendant le long des joues pleines. La tête, dont le sommet se perd dans l'ombre, est légèrement tournée vers la gauche, une lumière grise n'en touche que le côté droit. Le regard est lointain, la bouche tendre, le nez délicat. Les mains effilées mais pleines de vie s'épanouissent sur la blancheur de l'étoffe :

End will be simple, sudden, God-given...

— Oh, mon Dieu ! Qu'est-ce que j'ai fait ! Qu'est-ce que je vais devenir ! Pardonne-moi, C. ! Pardonne-moi !

A. ne dit rien, il apporte toutes les serviettes de la salle de bains, des serviettes blanches.

— Aide-moi à m'habiller et appelle l'ambulance. Je raconterai n'importe quoi...

A. et B. s'affairent à habiller C. C'est difficile. Les serviettes pourpres collent partout. Tout colle, tout est pourpre. Ils lui mettent son slip, ses chaussettes, sa chemise pourpre, son pantalon pourpre. A. rassemble les serviettes, sauf celle que C. tient sur son foie. B. avance vers le téléphone comme un automate.

Il a été accosté par deux inconnus qui ont exigé son portefeuille et sa montre. C. a résisté, appelé au secours et a été poignardé. Il a réussi à se traîner jusqu'à l'appartement des amis qu'il venait de quitter. Ceux-ci ont appelé une ambulance qui l'a transporté à l'hôpital où, tout d'abord, sa condition parut si rassurante que C. ordonna de n'informer personne de l'incident, mais le quatrième jour son état s'est aggravé sérieusement et notre ami est mort le lendemain.

Il avait dit : *My death-wish is real enough.* Il avait dit : *Like the moon, I dwell in my own shadow.* Il avait dit : ce que je ressentais sur la scène quand ils se jetaient sur moi n'était pas désagréable. Il avait dit : parfois quand je nage, j'aimerais me laisser emporter par les eaux... Et cette façon qu'il avait parfois de hausser les sourcils avec arrogance, en énonçant un sophisme.

A burnt-out case, un homme en chute libre.

Il est mort les mains vides, un enfant d'Hermès, maître des voyages et guide des morts. Il est passé comme un météore. Non, il est passé comme l'eau. Il n'a pas même laissé de livre, rien que quelques articles et des poèmes inachevés. Il a pris congé par un poème. Il faisait de sa vie une savante préparation à sa mort, se hâtait de vivre, glouton, jouisseur, ivrogne et paillard, toujours en effervescence, perpétuel mouvement de la vague ou de la flamme mais obscurci souvent, tremblant souvent, flamme ou flux dans les ténèbres, les ténèbres déjà, toujours ivre, entouré d'éphèbes, toujours seul. Seul comme le phénix, image de l'âme régénérée par le passage de la mort et se consumant à intervalles réguliers pour renaître de ses cendres. Le phénix est originaire de l'Inde.

Il est plus de deux heures du matin. C. quitte la *party* donnée dans l'appartement de S. Il est ivre, naturellement.

Il veut regagner son hôtel à pied, ce n'est pas loin, seulement au bout d'une avenue, un quartier décent, tout à fait respectable vu le standard de Bombay, assez proche du Gateway of India où moins d'une semaine plus tard seront dispersées les cendres de C.

Un côté de l'avenue est bordé d'immeubles qui convertis en bureaux sont inoccupés la nuit, cependant que l'autre côté l'est par des baraques de *squatters*. Leur présence offre une possibilité à la version officielle de l'agression. Elle offre une chance à deux êtres qui n'ont jamais eu de chance.

C. longe le côté des immeubles.

Non, malgré le froid, la rue n'est pas déserte. Les sans-abri n'ont pas le choix. Momies grisâtres, squelettes couleur de plomb dévorés par une faim flamboyante, ils sont couchés sur les crachats du sol, allongés comme des paquets de menace et de mort le long des murs, entre des squelettes de vaches et de chiens.

Un squelette qui a un goitre énorme et les jambes pleines d'ulcères touche le coude de son voisin que la tuberculose vide comme une courge. Celui-ci possède un bon couteau à cran d'arrêt, un bon couteau *made in England*, très effilé, très coupant en dépit de quelques taches de rouille près du manche. Une lame indiciblement sale d'une crasse grise, huileuse et comme éternelle. Les squelettes regardent cet homme blanc, propre et bien nourri qui titube dans la lumière glacée des réverbères et des enseignes au néon. Tous deux ont encore la force de courir. Ils rattrapent C., l'encadrent, la puanteur de leurs haillons lui monte au nez.
— Foutez le camp, dit-il d'une voix pâteuse. Foutez le camp ! Le tuberculeux exige l'argent, l'ulcéreux exige la montre. Obstiné, C. leur répète de foutre le camp, il essaie de les écarter. Brusquement, l'ulcéreux lui ramène les bras dans le dos. C. crie au secours. Il devrait pourtant bien

savoir qu'il ne faut pas crier. La lame déchire la chemise, troue la peau, s'enfonce dans la paroi adipeuse, dans la paroi musculaire. Elle crève le péritoine, plonge dans le foie, tranche le ligament rond - vestige de la veine ombilicale - puis fait deux demi-tours sur elle-même, axe supérieur droit, axe supérieur gauche, détruisant le tissu hépatique sur son parcours, le réduisant en une bouillie brune et noire. La lame tourne encore une fois, rageusement, avant de quitter la plaie avec un sifflement mat, et de revenir à son maître, chaude encore du sang de C.

C. est à demi effondré contre le grillage d'un bijoutier parsi. Ils lui prennent son portefeuille en veau marron, sa montre d'acier Girard-Perregaux et, ombres, se dissolvent dans l'ombre. Tout s'est effectué très vite.

C. glisse sur le sol mais lorsque sa main rencontre le trottoir et quelque chose de gluant, de froid, quelque chose qui n'est pas son sang, le dégoût le subjugue. C. rassemble toute son énergie, il puise aux vieilles sources qu'il eût pensé taries, il s'accroche au grillage et se redresse, lentement, peu à peu, avec un soupir rauque. Ses appels ont réveillé quelques squelettes, ont troublé pour un instant la torpeur de l'Inde vautrée à terre dans la poussière, la morve et la bouse. Une femme-squelette qui a tout vu essaie quand même de mendier encore. Beaucoup ont regardé la scène. Personne n'a bougé.

C. se met en marche vers la demeure de S., en s'appuyant aux murs. Chaque pas demande le maximum de volonté dont un homme est capable. Il faut surtout que C. ne se penche pas en avant car alors tout est perdu. Il faut se tenir le plus droit possible malgré la plaie gargouillante. Le sang qui ruisselle et dégoutte sur les mendiants allongés à terre, dégoutte aussi tout le long des escaliers, jusque chez S. qui est en train de vider les cendriers et d'aérer. C. sonne à sa porte. S. ouvre et voit un homme vêtu de pourpre. Il l'aide à entrer, à s'étendre sur un étroit divan couvert d'un tapis à petits losanges rouges et verts, près d'une table basse. S. appelle immédiatement une ambulance.

C., à demi évanoui maintenant, C. qui glisse déjà dans les champs crépusculaires de l'inconscient, envoie son image à plusieurs milliers de kilomètres, où elle est reçue par quelqu'un qui, ayant coutume de se coucher tôt, dort déjà. Image de C. : allongé sur un étroit divan à petits losanges rouges et verts, C. tourne son beau visage sur l'épaule droite. Il est très pâle, livide même, son regard exprime l'état où il se trouve et l'issue prochaine de sa situation.

L'ambulance tarde beaucoup à venir.

Le Jeune Homme et la Mort, de Stefano della Bella. Dans un paysage rocheux dont l'arrière-plan est occupé par un tombeau pyramidal, la Mort - drapée, enturbannée et de quel crime gravide ? - enlace un jeune homme nu dont la chevelure est comme la flamme d'une torche renversée.

C. n'a plus que quelques jours à vivre. Il va mourir de ce même coup de couteau dont mourut Kaspar Hauser auquel tout avait été promis et si peu donné. *Spiegelschrift.* L'énigme demeure intacte, l'énigme que C. aura été, qu'aura été elle-même la mort de C. avec tous ses décès accessoires. *In der Nacht sitzt das Finstere auf der Lampe und brüllt.*

Ténèbres.

Quittant l'appartement où S. a donné une *party*, C. veut regagner son hôtel à pied. Il est un peu plus d'une heure. Il a pas mal bu mais marche encore droit. Il peut supporter d'incroyables quantités d'alcool. Il marche donc d'un bon pas dans une avenue tout à fait respectable vu le standard de Bombay, proche du Gateway of India où moins d'une semaine plus tard seront dispersées ses cendres.

Au coin d'une rue latérale, trois hommes parlent à mi-voix sous une lanterne. Le plus jeune a peut-être quinze ans et c'est lui que C. choisit. Le garçon dit qu'il connaît des bains, non loin de là. C., le cerveau embrumé ou non, ne pense jamais au danger tant il est habitué à le sentir marcher derrière lui.

C. raconte d'une voix exaltée des choses confuses que le gamin n'écoute pas, le gamin qui avance à sa droite tandis que C. marche le long du mur, le gamin qui lui touche le bras et dit : c'est par là, celui dont il ne voit que le bref profil de poisson, l'immense triangle d'un œil frangé de fourrure noire.

Les deux hommes les suivent à petite distance. C. s'arrête un instant pour déclamer des vers. Il le fait souvent.

All my life they have been coming, these feet.
All my life
I have waited Death will come only when I am worthy,
And if I am worthy, there is no danger.

À cet instant, les pas se rapprochent et C. les entend soudain. Alors qu'il va se retourner, le gamin le jette et le presse brusquement contre le mur. C. perd l'équilibre mais réussit à faire face aux deux autres qui sont déjà sur lui. — Les sous, la montre, un peu vite ! C. appelle au secours quand il devrait pourtant bien savoir qu'il ne faut pas crier. Il parvient à se redresser et tente de se défendre à coups de poing. Le gamin chancelle. L'un des deux autres a sorti un long poignard effilé, une arme de fabrication locale, à manche de cuivre et dont la lame brille comme de l'argent. C. sent un choc au côté droit. La lame déchire la chemise, troue la peau, s'enfonce dans la paroi adipeuse, dans la paroi musculaire. Elle crève le péritoine, plonge dans le foie, tranche le ligament rond - vestige de la veine ombilicale - puis fait deux demi-tours sur elle-même, axe supérieur droit, axe supérieur gauche, détruisant le tissu hépatique sur son parcours, le réduisant en une bouillie brune et noire. La lame tourne encore une fois, rageusement, avant de quitter la plaie avec un sifflement mat, et de revenir à son maître, chaude encore du sang de C.

C. est à demi effondré contre un mur lépreux, un mur qui semble taillé dans la pourriture. Il paraît glacial à C. auquel les hommes enlèvent son portefeuille en veau marron, sa montre d'acier Girard-Perregaux et, ombres, se dissolvent dans l'ombre. Soudain l'un d'eux revient, enlève et emporte les lunettes de C. C. est affaissé sur les genoux, son bras droit s'appuie au mur dans un geste d'ours danseur. D'un seul coup, une révolte surgit en lui, une vague noire monte de ses entrailles sanglantes jusqu'à sa gorge. Il ne veut pas mourir. C'est trop tôt ! C'est beaucoup trop tôt ! Non, ne pas mourir comme cela dans la pourriture de cette petite rue où les silhouettes monacales des vautours endormis - encore endormis - bordent les toitures de leurs longues guirlandes. Il ne veut pas cette réalité. Il nie avoir été ce *derelict* attendant, désirant la venue des pilleurs d'épaves. Il oublie avoir guetté si longtemps l'arrivée des tueurs. Il s'oblitère dans sa propre essence qui était l'espoir de cet instant. Faute d'atteindre l'Absolu, il a voulu la Mort. Et voici qu'il tremble, qu'il se renie, qu'il ne veut plus.

C'était pourtant la Mort, son seul amour, qu'il a cherchée dans les rues nocturnes de Bombay, c'était bien là le vrai mobile de ses démarches. Et voici qu'il l'a trouvée, la Mort, avec son profil de poisson, l'immense triangle de son œil frangé de fourrure noire. Les Indes galantes. Les Indes funèbres.

C. refuse. Alors, il s'accroche au mur squalide, se relève et, la tête rejetée en arrière, comme un aveugle, une main cherchant l'appui de la paroi et l'autre formant balancier, il se met en marche vers la demeure de S.

Portrait du meurtrier possible de C.

Profil d'oiseau, serres d'oiseau, œil brodé d'oiseau. Le meurtrier est vêtu à l'européenne d'un complet de coton gris et froissé, aux revers gondolés, au col bossu, aux genoux pochés, un costume pour l'Hindou modeste d'une classe inexistante. L'assassin porte depuis un temps indéfini une chemise de popeline lie-de-vin, chemise japonaise faite avec du coton indien, puis revendue en Inde. À l'annulaire gauche, il porte un zircon monté sur argent - argent indien blanc comme l'aluminium et non pas argent sterling. Il n'a pas de chaussettes mais des sandales de cuir tressé, cuir de chèvre mal tanné, cuir pourri. Il est rasé d'aujourd'hui - il se rase tous les jours - tandis que ses cheveux, jamais lavés, sont enduits d'une huile de jasmin synthétique.

Il existe d'autres photos que celles représentant C. dans le rôle de Thomas Becket, rôle qui certes ne lui vint pas par hasard. Par exemple l'image mélancolique que le profil droit, le col de chemise d'où sort le désordre d'un châle à dessins cachemire occupent tout entière, se détachant nettement sur un mur crépi de clair. La chevelure d'un blond foncé semble presque brune, elle est ramenée du sommet de la tête vers les tempes et le front, à la manière romaine. C. porte la barbe en collier que, dans une chute désabusée, l'angle de la moustache rejoint comme l'articulation d'un masque. C. a ôté ses lunettes mais on voit encore la pression minuscule en haut du nez. L'œil bleu qui paraît plus sombre est plein de sagesse, de résignation et les lèvres aussi, sceptiques, indulgentes. Et, dans la texture des joues, dans le pli du cou, comme l'annonce de la fin : une détresse. À l'envers de la photo, quelqu'un a écrit au crayon : *C. qui incerta morte periit, anno aetatis suae XXXVII.* Une photo est un maigre sillage. Celle-ci a dû être prise entre les deux séjours de C. en Inde. Car il aimait l'Inde, gisante, cadavre adorné, coiffé par un pâtissier fou, fleuronné de *patma*, lotus en bouton, soleils de pierre girants, souples spirales éléphantines, najas des bras qui dansent. À son premier voyage, elle lui avait donné la syphilis, à son second voyage, elle lui offre la mort.

Il disait : Il fut un temps où toute chose dans ma vie formait un sens, me formait. Il disait : Je me sentais en étroit rapport avec chaque phénomène cosmique, je pouvais toucher du doigt, oui presque, le sens de toutes les choses et leurs connexions. Il disait : J'avais comme perdu les sens grossiers de l'homme et je m'étais presque conquis moi-même. Il disait : Je vivais dans deux mondes, mais l'autre réalité - la vraie réalité - s'est échappée, m'échappe un peu plus à chacun de ses retours et je bois pour tenter de la retenir.

Dans une tanière faite de loques et de planches pourries, de cartons galeux, de crasse qui se soutient elle-même, monstrueuse architecture durement éclairée par la lampe à kérosène, les trois complices se partagent le butin. Ils essuient la montre et les lunettes qu'ils fourgueront à un receleur vendant de tout dans une baraque au bout d'un long chemin de terre, là où cesse la ville, là où tout le jour les vautours s'assemblent. Le sang est entré par l'ouverture du portefeuille dont le cuir même est gorgé de pourpre et qui contient un passeport pourpre, un peu d'argent pourpre, deux ou trois lettres et une photo empourprée où l'on ne distingue plus rien sauf le visage d'une femme jeune et vieille qui sourit sous un grand chapeau. Le passeport n'est pas vendable, dans l'état où il est. Le portefeuille, si. L'argent est toujours utilisable. Humides encore, lettres et photo se déchirent mal, comme des chiffons.

Dans l'angle d'un ancien hangar à céréales que personne ne garde parce qu'il est vide et où ils ont réussi à s'introduire, le tuberculeux et l'ulcéreux se partagent le butin. Ils discutent longuement si la montre est ou n'est pas en argent et leur propre ignorance les déconcerte. Une cavalcade de rats passe tout près. C. était fasciné par les rats, il avait commencé un article sur eux. Le tuberculeux rit follement en s'emparant des roupies pourpres, il ne peut cesser de rire de toute sa bouche édentée, jusqu'à ce qu'il s'étrangle dans une quinte de toux. Il sait bien à qui vendre le portefeuille, et l'ulcéreux, le goitreux, déchire le passeport, unique document que contenait l'enveloppe de cuir. Pas de lettre. Pas de photo. Celle de la femme a déjà été déchirée à Londres, jetée dans une cuvette hygiénique, quelques mois plus tôt, lorsque C. a été victime d'une agression sordide dans les toilettes d'une gare nocturne, une part de lui-même regardant l'autre attirée dans le piège, dévalisée, pis encore...

Nothing is possible but the shamed swoon
Of those consenting to the last humiliation...

A. et B. ont mis toutes les serviettes dans la baignoire. Ils y ont mis le tapis à losanges rouges et verts. Demain, la petite bonne nettoiera tout. Demain, ils iront à l'hôpital, prendre des nouvelles de C. De temps à autre, A. pousse un sanglot qui rappelle le roucoulement d'une colombe. Assis dans un fauteuil de cuir, les coudes aux genoux, B. fixe le vide devant lui. Tout n'est qu'un mauvais rêve auquel il ne peut pas croire. Rien n'a de consistance. Il est tout aussi facile d'enfoncer l'ongle dans une bille d'acier...

Une ville qui n'existe pas s'appelle Bombay. Il faut que la pensée dépasse Bombay, il faut construire cette ville dans la réalité. Mais la réalité fuit, elle glisse dans tous les irréels.

Pourtant Bombay peut-être, avec son odeur de vieillerie et de moisissure, ses buildings aux enseignes lumineuses, ses murs chancis de briques et de planches, ses hangars où la peinture jette des bulles sur le fer, ses vitres brisées, son ciment émietté, ses docks où jaillit l'écarlate d'inscriptions au minium et, vers le ciel, les bras noirs des grues suantes d'humidité. Au petit matin environ trois mille squelettes se rassemblent devant les entrepôts de riz. Leur foule est grise, d'un gris de rat. La police est kaki. Il y aura des cris, d'immenses rumeurs lorsque les revolvers vont claquer, lorsque les morts vont encore mourir. Parmi ceux-ci on ramassera le goitreux, le squelette aux jambes pleines d'ulcères. Déjà les vautours aux ailes frangées comme les châles d'antiques pleureuses commencent leurs danses lentes sur les toits de tôle ondulée. L'un d'eux est particulièrement présent, obstiné dans l'attente. Il vient d'un autre quartier de la ville et, à son réveil, il s'est affolé sur des flaques de sang qui tachaient le sol d'une avenue.

À minuit, C. quitte l'appartement où S. a donné une *party*. La mousson d'hiver fait tourner en rond les papiers sales que les vaches n'ont pas encore mangés. Les sans-abri se cachent la tête dans leurs haillons.

C. veut regagner à pied la maison des personnes chez qui il habite, les parents d'un ami, bien que le chemin soit assez long. Il marche vite. La marche rapide dans le vent froid l'exalte. De temps en temps le bras d'un squelette ou quelque enfant mutilé - les mutilés font de bons mendiants - tente de lui barrer le passage. C. décide soudain de ne pas rentrer avant d'être allé faire un tour au *speak-easy*.

C. quitte l'avenue et prend une rue latérale, puis tourne encore plusieurs angles. Il connaît le chemin qui mène au labyrinthe des ruelles infâmes. Ce labyrinthe ne peut être décrit.

Le *speak-easy* est tenu par M., un Anglais alcoolique d'une cinquantaine d'années, un homme grand et chauve dont le visage semble fait de brique vernissée. Il sert lui-même les tord-boyaux de contrebande. Monstre d'obésité, sa femme, une ancienne prostituée hindoue, fait mine de laver des verres dans un angle du comptoir sans jamais cesser de surveiller des tambouilles couleur de feuille morte qui mijotent derrière une portière de coton. Le fils M., âgé d'une vingtaine d'années, fait le commerce du haschich lorsqu'il ne plume pas les clients aux cartes. De sa mère, il a l'œil liquide, la sclérotique jaune, de son père le pli veule de la bouche. Il occupe presque toujours la même place, un petit divan couvert d'un tapis à losanges rouges et verts et reste là pendant des heures, les coudes sur la toile cirée de la table, impliqué dans de mystérieux conciliabules ou frottant les cartes sous son index.

Le jeune M. a eu des rapports intimes avec C., comme d'ailleurs avec beaucoup d'autres. Par surcroît il assume volontiers le rôle de proxénète. Un homme aux multiples talents mais qui serait pourtant dénué de signification s'il n'avait été choisi comme instrument du destin.

Vers minuit trente, C. s'engage dans une impasse complètement obscure mais qu'il connaît par cœur. Il est un habitué du lieu. Il tambourine sur la porte selon le signal convenu. On lui ouvre et il entre dans la petite pièce enfumée, au sol de terre battue, où règne une lumière roussâtre. Les cloisons sont couvertes d'une tapisserie à fleurs et le portrait d'Indira Gandhi surmonte un poste radiophonique dont l'amplificateur tendu de brocart-rayonne vomit de la musique légère. Les accessoires sont en place, le drame peut commencer.

C. avance dans la pièce. Ses cheveux sont désordonnés par le vent. Ses yeux luisent d'une lueur métallique derrière les lunettes à monture fine. Les pointes blanches du col de sa chemise descendent sur un pull-over gris. Il porte une vieille veste marron et des blue-jeans fraîchement repassés. Sa démarche est à la fois légère et mécanique comme celle d'une marionnette suspendue. C. s'installe au bar d'un air familier mais provocant. Son euphorie glaciale rappelle celle des mangeurs de *dutroa*, la graine qui fait perdre la mémoire et la raison. La grosse femme lui demande s'il a dîné. Elle est toujours très maternelle et c'est une chose qu'il apprécie. C. commande un grand whisky et le boit d'un seul trait avant d'en demander un autre. M. se sert toujours en même temps que le client et boit sur le même rythme. Le fils M., qui vient d'entrer dans la pièce, s'approche du comptoir et rappelle à C. une dette que celui-ci est certain d'avoir déjà réglée. Le fils M. insiste. Le père s'en mêle, C. profère des injures qui viennent en droite ligne des tavernes élisabéthaines, des livres, de l'imagination ; ce sont des injures grasses et lyriques. M. profère ses maigres injures, noires de la merde des cloaques. Le fils de M. tente de maîtriser C. qui est plus fort que lui. C. le repousse et l'autre tombe contre le comptoir dans la même seconde où le père saisit le couteau dont on tranche les citrons, un couteau de cuisine à manche de bois, acheté dans un grand magasin. La lame transperce les vêtements de C., troue la peau, s'enfonce dans la paroi adipeuse, dans la paroi musculaire. Elle crève le péritoine, plonge dans le foie, tranche le ligament rond puis fait deux demi-tours sur elle-même, axe supérieur droit, axe supérieur gauche, détruisant le tissu hépatique sur son parcours, le réduisant en une bouillie brune et noire. La lame tourne encore une fois, rageusement, avant de quitter la plaie avec un sifflement mat, et de revenir à son maître, chaude encore du sang de C. La mère crie le nom de son mari. Le poste de radio grésille horriblement. C. s'effondre à terre, sous le regard de Mrs. Indira Gandhi.

Le désir de pureté est l'un des traits les plus caractéristiques de C. Franchir un seuil est un acte de pureté.

C'est seulement en 1835 que fut supprimée la secte des Thugs, association religieuse qui pratiquait les sacrifices humains en l'honneur de Kali Durga. Ses membres choisissaient des étrangers dont ils s'approchaient vêtus en marchands ou en pèlerins.

— Oh Paps, qu'est-ce que t'as fait ! Oh, Paps, qu'est-ce que t'as fait ! La grosse se met à pleurer. M. se passe la main sur le visage comme pour le nettoyer d'un masque de stupidité.

— Appelez une ambulance, dit C.

— Ah non, pas d'ambulance ! Pas d'ambulance ! Je ne veux pas d'histoire, moi ! dit le fils de M. Je vais chercher un taxi. Je connais... Puis il sort rapidement. M. et sa femme allongent C. sur le divan à losanges rouges et verts.

— Ce ne sera rien, dit M., dégrisé et qui tremble. Ce ne sera rien du tout. Le sari de la grosse est tout taché de sang. M. met de vieux journaux tout autour de C., sous lui, sur lui. Les journaux, ça se brûle.

— Je ne voudrais pas d'histoire avec la police. Pensez à mon fils, à ma femme qui est toujours si bonne. Une méchante parole est vite dite. Un mauvais coup est vite porté. *I am sorry, very sorry, indeed...*

C. a froid, horriblement. Il ferme les yeux. Le fils M. revient à l'instant où le carillon Westminster sonne une heure trente. Le fils M. a trouvé un taxi mais l'impasse et les ruelles avoisinantes sont trop étroites pour que la voiture s'y engage. Il faudra que C. aille jusqu'à l'angle où elle attend. M. et son fils saisissent sous les aisselles C. pâle comme un mort et qui gémit. Tous trois se mettent lentement en marche. Ils diront qu'il s'agit d'une attaque nocturne. Ils diront que ce sont les mendiants.

C. a été arrêté par deux hommes à la pointe du couteau, dévalisé de sa montre et de son argent. Il a appelé au secours et a été frappé au ventre. Pourtant il a réussi à se traîner jusque chez un ami, M., qui l'a emmené au St. George Hospital.

Des spectres apparaissent aux vitres nocturnes de la voiture qui croise une de ces Rolls Royce qu'un jour C. décrivit si abondamment tandis qu'il marchait dans l'avenue des Champs-Élysées.

A. voudrait se séparer de B. mais il n'ose pas. Pas davantage qu'il n'ose s'enfuir. B. le retrouverait toujours et se sentirait peut-être poussé à quelque acte irréparable. Une méchante parole est si vite dite. Un mauvais coup est si vite porté... A. pense recueillir un chien auquel il ferait goûter tout ce qu'il mange mais voilà justement ce qui semblerait suspect. A. est seul dans l'appartement. Il n'ose pas allumer et reste dans l'ombre, le front appuyé à la vitre, à regarder sans les voir les réclames lumineuses. Il ne parvient déjà plus à penser mais ressent ce manque comme on ressent l'étouffement.

L'assassin a caché le bracelet-montre sous un tas de chiffons et de détritus. L'assassin a l'étrange capacité de pouvoir plier ses phalangettes à angle droit, ce qui donne à ses doigts l'apparence de serres d'oiseau.

Assis sous le carillon Westminster, C. joue au poker avec un matelot norvégien. La grosse hindoue fait mine de rincer des verres, M. boit, silencieux derrière son comptoir, leur fils mange quelque chose dans la cuisine.

Le matelot norvégien est petit et brun. Il ne sait pas un mot d'anglais mais comprend bien l'allemand, langue dans laquelle C., qui a beaucoup bu, l'accuse de tricher. La table couverte de toile cirée se renverse, les verres tombent, les cartes s'éparpillent. M. jaillit brusquement de derrière son comptoir.

— Pas de ça chez moi ! Pas d'histoires ici !

Le couteau est monstrueux. C'est un de ceux dont se servent les pêcheurs morutiers.

— Aaaaaaaaah !

C. aurait pu être jeté dans l'eau du port avec une pierre au cou. Simple éventualité. Jeté dans l'eau épaisse, plombée, grasse, une soupe pustuleuse.

Le meurtrier n'a pas jeté l'arme mais s'est contenté de la nettoyer sommairement. C'est un objet dont il peut toujours avoir besoin. Ce n'est pas son coup d'essai. Il sait où frapper et comment, il sait tourner la lame sur elle-même pour que, sur son parcours, le foie soit réduit en une bouillie noire et brune.

Le vent de la mousson d'hiver balaie l'odeur de charogne et de choléra qui est celle de l'Inde.

C. a quitté l'hôtel vers une heure du matin. Il avait bu au bar. Il a soudain pensé à des yeux d'obsidienne, une bouche en feuille de laurier, un très jeune inconnu. Le fils de M. est habile en ses gestes, habile aussi à trouver sur-le-champ des éphèbes aux yeux de jument, aux mouvements vifs.

C. s'engage dans le labyrinthe des rues squalides comme taillées dans un bloc de putréfaction, des venelles sans retour, des pièges maçonnés, un dédale tout en angles et en recoins. Des fenêtres flamboient en rouge, derrière lesquelles on voit de longs dos couleur de bronze. Dans l'ombre des voûtes, les yeux brûlent, appellent. Il y a soudain dans l'air comme une odeur de sueur douce et de fleurs écrasées. Des jeunes hommes marchent en se tenant par la main. Sur un balcon de bois, quelqu'un voile une lampe. On entend faiblement une voix d'ange qui chante, accompagnée au *sitar*. Un cortège apparaît dans la pénombre, une longue suite d'hommes que C. prend pour des lépreux mais la procession putride, soudain touchée du rayon oblique venu d'une porte entrouverte, s'allume de couleurs inattendues. Des vestes cerise, des turbans roses et orange, des tuniques brodées d'or s'illuminent d'un seul coup, passent devant C. qui s'est plaqué contre le mur. Les astres semblent vouloir se précipiter sur la terre. Des jeunes hommes conduisant un *arni*, un grand buffle blanc couronné de fleurs, défilent en silence dans la venelle. L'un d'eux paraît mener en laisse quelque félin long et bas, demi caché par le mouvement des tuniques. La lumière frappe de biais un visage ineffable, aux pommettes hautes, aux yeux d'obsidienne, à la bouche en feuille de laurier. Une porte claque. L'ombre règne, opaque. Au bout de la rue, on entend un vague bruit de béquilles, de toux grasses et de psalmodies.

C. se passe la main sur le front. Il est vraiment très ivre. Plus qu'il l'avait cru. Il ira se finir chez M. Changer d'alcool. Cela lui fera du bien.

C. tambourine sur la porte selon un signal convenu. On lui ouvre et il entre dans la petite pièce enfumée. Trois types boivent dans un coin, l'air absent. La grosse est derrière le comptoir. M. est dans la cuisine, en conciliabule avec un contrebandier. Le fils de M. fait asseoir C. près de lui. Il dit que C. a l'air fatigué. C. rit d'un rire démentiel, enlève ses lunettes, lance quelque obscénité et dit qu'il n'a jamais été aussi entreprenant. Le fils de M. l'observe entre ses paupières bistre. Il connaît un sujet de toute beauté mais cher. Il ne faut que payer sur-le-champ pour qu'il aille le chercher. C. veut voir d'abord. Non, dit le fils de M. Un truc comme ça ne se laisse pas déranger pour des clous. C. veut d'abord voir. Le fils de M. dit non. C. réplique que d'ailleurs il n'a rien à payer cette fois-ci puisque c'est le fils de M. qui lui doit de l'argent. C. a fait le *dealer* pour lui deux semaines plus tôt. Le fils de M. dit que le *charas* est une affaire et que le *boy* est une autre affaire. On ne peut pas les mélanger. C. lui dit d'être raisonnable, rigole et lui pelote légèrement la poitrine par l'échancrure de la chemise. Le fils de M. lui repousse la main et demande si oui ou non il doit aller chercher la personne en question. C. dit qu'il veut bien voir. Le fils de M. dit qu'il faut d'abord payer. C. lui répond que c'est à lui de régler d'abord l'affaire du *charas*. Le fils de M. dit non. C. se fâche et donne un coup de poing sur la table. Un verre vibre et tombe. Le fils de M. se lève, C. également. Un instant ils se font face puis s'empoignent.

Du haut de son portrait, Indira Gandhi contemple la bagarre. C. est le plus fort. Le fils de M. va dinguer contre le mur. La grosse appelle son mari qui arrive à l'instant.

— Allez, pas d'histoires chez moi ! Avec l'aide du contrebandier, M. et son fils poussent C. dehors. La porte claque. C. jure puis va pisser contre une palissade. Il est furieux, il n'a pas abandonné son idée. Il attend quelques instants dans le silence de la ruelle puis va frapper à la porte selon le signal convenu. Le fils de M. ouvre la porte. C. l'attrape par le devant de sa chemise et le tire dehors. Il devrait pourtant bien savoir que l'autre a un couteau à cran d'arrêt. C. ressent un choc au côté droit. La lame transperce ses vêtements, troue la peau, s'enfonce dans la paroi adipeuse, dans la paroi musculaire. Elle crève le péritoine, plonge dans le foie, tranche le ligament rond puis fait deux demi-tours sur elle-même, axe supérieur droit, axe supérieur gauche, détruisant le tissu hépatique sur son parcours, le réduisant en une bouillie brune et noire. La lame tourne encore une fois, rageusement, avant de quitter la plaie avec un sifflement mat, et de revenir à son maître, chaude encore du sang de C.

Hébétée de famine, une vieillarde, accroupie dans la ruelle, a tout vu malgré l'obscurité. Elle est originaire de Jaipur où, la nuit, les vieilles femmes vampires, assises au bord des toits, sucent le sang des dormeurs à l'aide d'un fil plongé dans leurs veines. Un vautour s'agite en rêve. La terre battue boit avidement le sang de C., poète assassiné.

Bien sûr qu'il était temps. Et non pas trop tôt comme il l'a cru un instant. Bien sûr qu'il savait le jour et l'heure, si même il ne les avait pas choisis.

I have had a tremor of bliss, a wink of heaven, a whisper,
And I would no longer be denied ; all things
Proceded to a joyful consummation...

Toute éventualité étant incessamment renouvelable selon le principe de la multiplication géométrique, chaque événement est variable à l'infini. Les combinaisons, adaptations et ajustements naissent les uns des autres comme les palmes des palmes, les feux d'artifice cellulaires, les explosions de galaxies inconnues et qui peut-être sont : l'Éternité.

Il disait : Qui donc a écrit « Ceux-là seuls sont morts qui n'ont rien laissé ? » XVIIIe siècle, je suppose. Il disait : Je voudrais avoir sept vies. Il disait : Je n'oublie pas tes avertissements, tes prophéties. Il disait des choses obscures, des phrases fulgurantes, des mots qui s'enfonçaient comme des pierres jetées dans les eaux du souvenir.

— N'aie pas peur, répète doucement C. au fils de M. qui le soutient, n'aie pas peur... je ne dirai rien...

D'une main, C. s'appuie sur son assassin et de l'autre il presse contre son ventre une couche de papier journal pourpre.

Quand le chauffeur le voit arriver dans cet état, il donne du gaz sans rien dire et disparaît. C. sent un gros caillot ou un morceau de son foie qui sort de la plaie, tout doucement, qui glisse, lisse comme une caresse.

— J'irai tout seul, dit C. Dis à tes vieux de ne pas s'en faire.

Le fils de M. l'appuie contre un mur, lui effleure le front, lui dit que ce ne sera pas grave puis s'en va très vite.

C. se remet en marche, un coude contre le mur, la tête penchée sur la poitrine, aux pieds des bottes de scaphandrier et, derrière lui, une royale voie de pourpre.

C. réussit à sortir du labyrinthe. Des squelettes le regardent passer sans curiosité, un homme qui saigne. C. marche dans Bombay, la ville informulée qui doit son nom à la terrible déesse-mère Mumbaï. Un chauffeur de taxi s'arrête, croyant qu'il est saoul. Alors il voit la pourpre et il a peur mais, au même instant, C. lui fait signe. L'autre n'ose pas dire non. Comme tous les chauffeurs sikhs, il porte la barbe et le turban. En un éclair de magnésium, il s'est souvenu d'un apologue où celui qui laissait saigner un homme sans l'aider fut châtié des dieux, en un éclair de magnésium, il se souvient d'un grand morceau de plastique dans le coffre de sa voiture.

Dépité, le fils de M. regarde sa chemise : il m'a tout cochonné !

L'ambulance démarre. C. a toujours aimé les départs, tous les départs. Il a très froid et ressent quelque chose qui lui rappelle le sommeil, avec de brusques coups de gong, des images au magnésium qui apparaissent et sombrent d'un seul coup dans le noir. Un nez. Un œil. Un geste. Un phare. Une chose insaisissable. Une antiquité. Une chose sans nom. Enfant, il aimait jouer dans les ruines du Crystal Palace. À Bâle, il habitait le *Totentanz* - comme par hasard. L'autre jour, à l'île de Gorey, près des ruines de l'église portugaise, le soleil se couchait pourpre derrière les cocotiers noirs, échevelés. C. se souvient qu'il devrait écrire quelques lettres.

L'ambulance s'engage dans la cour du St. George Hospital. S. descend, l'air soucieux, grelottant dans son imperméable, tandis que les infirmiers ouvrent la porte arrière de la voiture, saisissent la civière, la font glisser sur le chariot. Ils ont l'air vieux bien que ne l'étant pas, comme les pierres.

C. paraît dormir, à moins qu'il ne soit évanoui. Ses mains ineffables aux ongles endeuillés de son propre sang s'ouvrent, la paume tournée vers le haut, nymphéas. Sa tension artérielle est très basse, sa respiration raréfiée. État de choc.

Le chariot stationne dans le couloir. La lumière au néon met sur le visage de C. un masque de mort. S. entre dans le bureau des admissions où l'interne de service est en train d'expliquer quelque chose à deux infirmières qui rigolent. S. s'occupe des formalités, il avance de l'argent, il laisse son adresse.

— C'est une urgence, dit l'interne dans la coquille du téléphone.

Le chirurgien fait la grimace puis il se dit que le tissu du foie jouit d'une puissante faculté rédintégratrice. Il est vrai que celui-ci...

Linges éclaboussés de rose tendre, fleurs de sang, fougères impériales sur la toile blanche, les mêmes que celles qui noires déjà s'épanouissent aux loques des squelettes endormis. À moins qu'elles ne soient pas les mêmes, qu'elles ne soient différentes, très différentes. Il y a eu transfusion sanguine. Groupe B. Le sang a été donné quelques semaines auparavant par une institutrice, une fille avec un bourrelet adipeux sous la bride du soutien-gorge, l'œil bilieux, et qui le soir compose des poèmes idéalistes et humanitaires, tandis que par un amplificateur tendu de brocart-rayonne, son poste de radio gueule de la musique légère en fortissimo. L'institutrice ne saura jamais dans quelles veines coule son sang. C. ne saura pas qui le lui a donné. D'ailleurs il n'y pensera pas. C'est sans importance. Et si provisoire... Au plus y aura-t-il un très bref début commun de modification chimique avant la brutale dessiccation des 800° Celsius, des absurdes noces de feu entre deux étrangers. Une partie de l'institutrice - une fille dont C. rirait, rirait à mort - a bifurqué de son chemin prévu. De nouvelles possibilités pourraient éventuellement s'offrir à de nouveaux modèles de combinaisons, de nouveaux dessins de cristaux.

La narcose se dissipe. La conscience revient dans C., conscience d'un grand froid, d'un tremblement, d'une difficulté à respirer. Puis il sent comme en rêve qu'on lui fait une piqûre, sent le poids d'une couverture chauffante, respire un peu mieux, entend qu'on parle près de lui. Il n'a pas mal. Sa main droite, lourde, rencontre un pansement qui lui entoure le ventre et le bas de la poitrine.

C. ouvre lentement les yeux, voit des draps marqués « St. George Hospital » sur une bande tissée, la peinture blanche du lit écaillée par places, les murs vert pâle jaunis de taches d'humidité, l'appareil de perfusion auquel est relié son bras gauche, le rectangle de la fenêtre. Maintenant il est seul dans la petite chambre. Un lit, une armoire, une chaise, un lavabo sur la tablette duquel on a disposé ses affaires de toilette déjà apportées. La sonnette ne fonctionne pas.

Le Dr. K. dit que tout va bien. Le vieux Dr. J. traite C., mais ne lui parle pas car il déteste les Anglais et se souvient encore des sorties par l'escalier de service et des clubs où l'on n'entrait pas. Le Dr. J. qui d'ailleurs aime beaucoup citer l'histoire du jardinier et de la Mort au rendez-vous de Samarkand, pense que la médecine est d'une utilité contestable car, de toute façon, il est écrit si le patient doit vivre ou mourir. Il attribue à ses traitements une valeur symbolique et une vague capacité de soulagement proportionnées aux sympathies qu'ils véhiculent.

Death has a hundred hands and walks by a thousand ways.

Plusieurs amis sont venus. C. les a reçus, rasé de frais, l'œil clair, le profil byronien. Ils ont apporté des fleurs. C. adore les fleurs. À Oxford, son petit jardin regorgeait de roses exubérantes, de marguerites, glaïeuls, scabieuses ou, en automne, de gros dahlias, tournesols, chrysanthèmes engraissés de tous les nitrates d'anciens charniers longuement fumés par les grandes pestes médiévales. Ainsi la Mort n'a-t-elle jamais manqué d'accompagner C. tout au long de sa vie et n'a-t-il jamais manqué de s'en apercevoir.

C. raconte à ses amis comme il a été attaqué par deux mendiants qui ont exigé sa montre et son portefeuille, comme il a appelé à l'aide et, frappé au foie, a réussi à se traîner jusque chez S. Il aime raconter. Il aime ses commentaires ironiques.

Deux policiers viennent interroger C. sur l'agression dont il a été l'objet. C. répond à leurs questions sans se tromper ni se contredire. Il a été attaqué par deux mendiants qui ont exigé sa montre et son portefeuille, il a appelé à l'aide, a été frappé au foie, a réussi à se traîner jusque chez S. Les policiers sont en civil, tête nue. Le plus âgé prend des notes ou fait mine de prendre des notes, dans une espèce de calepin. L'autre, celui qui a une taie sur l'œil, tape la déclaration avec deux doigts - c'est international - sur une machine portative de fabrication anglaise. C. signe sa déclaration d'une main ferme. Dernière signature. Pour la dernière fois, il écrit son nom, son nom d'anabaptiste, son nom qu'il a appris à tracer au temps où il aimait jouer dans les ruines du Crystal Palace.

Les policiers quittent le St. George Hospital sans échanger leurs impressions. Parler les fatigue, l'affaire leur est indifférente et ils ne se sentent pas à l'aise dans leurs petits complets que le vent de la mousson pénètre comme une eau. Ceux qui ne connaissaient qu'une des innombrables facettes de C., l'étroite surface qu'il sacrifiait aux conventions, sont absolument certains que la police découvrira les meurtriers. La police ne partage pas cette conviction, personne même ne pourrait la partager longtemps en regardant le formidable flot anonyme qui roule dans le chenal des rues. Il se peut naturellement que sous l'influence de l'alcool ou d'une drogue quelconque, de la faim ou de la fièvre, à moins encore que ce ne soit pure stupidité et vantardise, le ou les meurtriers confient leur secret. Mais ceux qui cherchent à connaître les circonstances de l'agression se heurtent à un mur de silence.

... il a été frappé au foie et il est certain que la blessure n'eût pas été aussi grave si l'assassin n'avait pas tourné l'arme dans la plaie. C. a été opéré d'urgence. Il a reçu des amis car il était dans une chambre privée. Il a fait sa déclaration à la police venue l'interroger. C. demanda expressément de n'informer personne en Europe de ce qui était arrivé car, tout d'abord, son état semblait satisfaisant, mais le quatrième jour il empira soudain et C. mourut après deux jours d'agonie...

Sonate en ré majeur pour violon et clavecin, de Jean-Marie Leclerc. Tout juste revenu d'un voyage en Hollande où il avait rencontré Locatelli, il fut assassiné près de chez lui, à une heure tardive, sans raison apparente et par des inconnus.

« La Mort : Mon ironie dépasse toutes les autres. »

Le commissaire E., de la brigade des mœurs, le commissaire H., du département de la drogue, le commissaire R., de la brigade criminelle discutent l'affaire à huis clos, dans un petit bureau qui pue l'urine et le désinfectant. Chez tous trois, la marmaille grouille. Le traitement annuel de chacun d'eux représente le prix d'un bon *trench coat*. M. a déjà fourni des renseignements utiles. M. sait faire des cadeaux en temps opportun. Si M. a des ennuis, attention, ils se répandront comme une tache d'huile. Il y aura des recherches et des révélations. Il y aura des sanctions graves. Attention ! Quant à C., il a eu affaire aux mœurs, pour s'être fait pincer en compagnie d'un gamin. Ces Anglais ont toujours pris l'Inde pour un bordel. Et d'ailleurs, au cas où C. se rétablirait, il aurait lui-même intérêt à se taire. Émergeant à peine de la narcose, il va signer aveuglément la déclaration qu'on lui présentera.

C. croit se rappeler avoir signé quelque chose mais sans

parvenir à se remémorer ce que c'était. On lui dit que la police est venue l'interroger la veille. Il ne sait plus ce qu'il a dit. Il est inquiet.

On ne saura jamais ce qui s'est passé.

Voici donc C. qui frappé, blessé à mort, semble vouloir guérir, vit encore trois jours puis deux autres, ceux de l'agonie, avant de partir pour de bon à l'aube du sixième. Voici le début et la fin d'un processus long et bref, d'un seuil, d'un passage entre plusieurs.

Le quatrième jour, la température s'élève en flèche. C. ressent une violente douleur au sommet du poumon droit, une sensation d'étouffement à chaque aspiration et il expectore des crachats sanguinolents. Embolie pulmonaire. On essaie de soutenir le cœur par des injections appropriées, à part cela pas grand-chose.

C. a déjà beaucoup maigri. À son odeur fine et douce d'homme bien lavé, une autre odeur se superpose soudain, la couvre puis l'annihile et c'est une odeur très antique.

La Mort ne fauche que rarement sa victime ; elle lui envoie son parfum, elle se couche sur elle, l'enlace et boit son souffle avec une déconcertante simplicité.

C. dort dans sa sueur et ses rêves. Images, visages, voix et paysages. L'eau des grandes profondeurs rejette vers les surfaces ses trésors et ses monstres puis le chaos s'ordonne en cette autre réalité, la plus vraie, celle que C. tentait de retenir, et lui offre un nouvel asile. C. ne souffre plus ou s'il souffre n'en est pas conscient.

Il est assis dans une forêt légère de cocotiers derrière lesquels on voit la montée d'azur du ciel. On sent que quelqu'un va passer. Un bonheur céleste, une volupté de l'âme qu'on ne peut dépeindre s'emparent de C., tandis que d'une démarche dansante passe, indifférent, un homme couleur de bronze aux reins ceints d'orangé, un ange, un sauvage venu d'un tableau de Gauguin. Le rêve s'efface mais qu'un tel bonheur de l'âme...

Les rêves de C. suivent des labyrinthes où parfois jaillit le rayon d'une lueur mystique, d'une aurore. Il voit aussi une immensité couleur de perle grise, une mer grise comme le ciel, une mer où circulent des barques dont chacune porte un lampion, voie lactée, et dans chaque barque des gens sont assis. Et chacun est seul et chacun est à la fois la barque et la lampe et le voyageur. Barque, C. l'est aussi lui-même, barque légère au bout d'une corde qui se tend ou se relâche selon la marée. Reflux, sans doute, car à chaque instant la barque s'éloigne un peu plus de la rive, à chaque instant la rive devient plus floue, plus lointaine, plus grande l'indifférence. Il y a progression bien que le temps soit aboli. C. oublie tout ce qui l'attachait à la terre. Il dérive vers les eaux de la mort. *He is a derelict*, une épave sur un lit d'hôpital.

Thomas Becket s'avance sur la scène,
Dominated by the lust of self-demolition,
By the final utter uttermost death of spirit,
By the final ecstasy of waste and shame.

Vous avez demandé de quelle nature étaient les complications qui ont entraîné la mort de C. Il s'est agi d'une septicémie traumatique. Oui, il s'est vu mourir.

C. retrouve d'anciennes phrases et, comme jadis - bien que sur un mode beaucoup plus dramatique, inquiétant, déterminatif -, il bronche sur le choix de définitions qui depuis leur premier état ont totalement changé de sens. Tout est détérioré. Thomas Becket apparaît sur la scène, le visage un peu en recul, la tête, dont le sommet se perd dans l'ombre, est légèrement tournée vers la gauche, la joue droite touchée par une lumière grise. Les longues mains de C. se détachent, autonomes comme deux bêtes sur la blancheur de la dalmatique. Il veut parler mais il a oublié les mots ou plutôt c'est tout son rôle qui a basculé dans l'oubli. Il sent qu'une multitude attend ce qu'il va dire, il sent que tout geste, que toute parole est témoignage d'insuffisance et que cette insuffisance ne porte même pas le signe de l'absolu ni du néant. C. se trouve dans l'incapacité de découvrir ou de retrouver la moindre cohérence et cette incohérence se révèle soudain dans une fulgurante clarté, comme l'essence même de son humanité à lui, C., mais aussi de toute humanité. Diffuse jusqu'alors, la douleur de son âme se fait aussi lancinante que celle de sa chair. Il sent qu'il est en train de perdre quelque chose d'infiniment précieux, quelque chose qu'il n'a pas encore perdu mais perd dans le temps même où il en considère la perte, un bien formidable et précaire qui s'échappe de lui comme l'eau s'enfuit d'une outre crevée.

C. touche son crâne d'une main tremblante, ses oreilles, sa mâchoire, le mort dans le vif. À son âge, ce crâne est inachevé, l'oblitération des sutures crâniennes est incomplète, celle de la lambdoïde s'effectue de vingt-neuf à quarante-sept ans, la circumeatale ne se ferme que dans la vieillesse. S'il avait vécu, les cellules des ganglions spinaux de C. se seraient accrues jusque vers sa quarante-cinquième année.

C. pense à son assassin sans haine, sans amertume. Il pense à lui incidemment et presque avec bienveillance. Suicide par procuration.

De temps à autre, C. perd connaissance. Syncopes. Le pouls est très bas, il n'atteint même pas 50, tandis que la température s'élève à 41,3° Celsius. Des frissons spasmodiques secouent C., arbre dans la tempête. Son abdomen est gonflé comme ceux des noyés qui vont au fil de l'eau. Douloureuse, la plaie opératoire est d'un rouge sombre.

Le Dr. K. ordonne des injections de sérum artificiel mais, pour effectuer le curetage de la plaie, il faut l'autorisation du vieux Dr. J. en personne et il est précisément parti à la campagne.

C. gémit à peine. Il s'est installé dans la souffrance. Son visage est envahi d'une barbe sombre qui le creuse, son nez se pince, ses yeux s'enfoncent, ses oreilles deviennent cireuses. Ses cheveux blonds ternissent, verdissent et leurs mèches gluantes se collent à ses tempes. Sa tête tombe au fond de l'oreiller, tombe comme une pierre dans la vase.

C. est lucide, extralucide même et se sent par surcroît devenir translucide, cristallin. Tout maintenant lui semble intelligible, depuis sa chute sur un drap empourpré jusqu'aux sables mouvants de l'agonie. Il voit sa vie non pas en fragments qui s'enchaînent mais comme un tout matérialisé, univers qui s'étend à la fois dans le temps et l'espace, une chose qu'on ne saurait contempler sans mourir. Or, C. va mourir. Mais sa destinée, l'image de sa destinée, astre, fleur, montagne, ne compte que par l'ingrédience de sa mort, mort diffuse en lui, mêlée à lui. La vie de C. n'a pas d'autre sens que celui qu'elle acquiert par la mort, dans la mort.

C. donc s'est installé dans la souffrance de la soif, dans celle de la fièvre, celle de sa plaie, celle de son sang empoisonné, celle aussi des escarres qui lui meurtrissent les reins. Les extrémités sont glacées, le pouls est maintenant incomptable, la tension tombe encore plus bas.

C. se souvient tout à coup des oracles, des faux oracles dont lui-même se leurrait, mais aussi du véritable et seul oracle. Il pense : c'est ma faute, c'est ma faute. Et c'est trop tôt. Une erreur de conduite. Si j'avais écouté. Mais non. Il fallait, il fallait, il fallait que tout se déroule ainsi. L'oracle prévoyait l'erreur, justement. C. ouvre ses grands yeux pleins de larmes dans le masque cireux, luisant de sueur, dans le visage étranger qu'est déjà devenu son visage. Il voit sur le mur une tache de soleil, une tache géométrique jetée par le couchant. Son ultime image du monde. Une larme coule sur sa joue, zigzague dans le chaume de la barbe, tombe. C. referme les yeux. L'Ange de la Mort qui toujours l'a suivi comme une ombre s'approche encore plus près de lui.

Un infirmier entre dans la chambre, rejette la couverture, glisse une grande alèse de caoutchouc sous le corps de C., pose durement un bassin sous ses fesses, C. comprend l'intention : il avait oublié qu'un mort se vide. Sa pudeur est violée.

Dans la soirée, C. a cru entendre la voix de S. Il a cru sentir qu'on touchait sa main. Il a cru comprendre : il ne faut pas le fatiguer. La plupart du temps, il n'entend plus rien, il ne sent plus rien. La préagonie, préparation au grand passage, touche à sa fin.

L'agonie de C. est plus confuse. Autour de sa plaie, les noyaux cellulaires s'agitent follement. C. participe à la noire effervescence de tout son être, à la pullulation des globules sanguins, à l'infinité des cellules. Chaque bulbe capillaire participe au tout cosmique. C. entre dans les champs familiers du délire où jadis si souvent il errait. Il glisse dans la grande dérive, glisse peu à peu dans le noir ou dans le blanc, nul ne sait la couleur de l'anéantissement, C.

s'efface et sombre, remonte un instant vers les surfaces pour s'entendre penser d'une pensée, d'une voix qui déjà ne lui appartiennent plus : *I come back.* Ou : *I go back.* Ou : *I return.* Ou : sa voix pensée, sa pensée parlée ne sont qu'un gargouillis, un grand embrouillement. Quel *rosebud* ? – Bilan de clôture. *Schlussrede.* Conclusion. Épilogue. Le mot de la fin.

Un engourdissement s'est emparé de C. Sa respiration se mue en un râle rauque et sibilant qui semble devoir durer toute l'éternité, une chose hors du temps mais qui toutefois durera deux heures, trente-trois minutes et quelques secondes.

L'aube déjà grisaille le ciel. C'est l'heure ambiguë, ce n'est pas celle d'un commencement. Quand les vitres pâlissent et que le premier passereau s'éveille, la Mort fait sa ronde dans les salles d'hôpital. Le soleil apparaît rond et rose comme une orange dans du papier de soie. Les vautours s'éveillent eux aussi et partent d'un grand vol.

Le râle cesse quelques instants. C. émerge dans la répulsion, la terreur, comme si un vautour lui frappait le visage de son aile. C. pousse un faible cri, un hoquet plutôt. Il ouvre des yeux exorbités. Il rend sa vie et c'est comme si la Mort arrachait brutalement de sa gorge une corde de crin. Le véritable cri ne fait vibrer aucun cristal mais descend jusqu'au cœur de la terre, dans les veines de la terre, parmi les limons, les gisements. C. fait encore un saut de carpe, brusque comme un réflexe rotulien, ses pieds se cambrent, sa tête s'appesantit sur l'épaule mais en cet étrange angle droit que font le chef et le torse des morts, deux choses comme rapportées par un coude, ses mains admirables s'ouvrent, oiseaux éventails, les doigts se crispent pourtant. Ainsi le Christ de Matthias Grünewald que C. aimait tant.

Exitus letalis.

Il meurt seul. La Mort aime venir quand il n'y a pas d'autres visiteurs. Il meurt de male mort entre la lune descendante et la nouvelle lune. Né un samedi, mort un jeudi. Il a vécu trente-sept ans et vingt et un jours. Il est mort sans avoir possédé de nid. Il est mort couché sur le dos, les bras écartés, les jambes tendues. Il est mort le jour de la purification et du jeune feu, pour l'antique fête des déesses-mères. À personne il n'a légué son sourire, le geste bref et volant de sa main, l'arrogance du ton. Il n'a laissé ni message ni héritage.

Quinze secondes après que le cœur a cessé de battre, la détérioration des cellules cérébrales commence. La mort commence. La longue absence de C. commence. Il y a quelque chose de changé et ne serait-ce que le sourire gélasin de C., les lèvres découvrant les dents, les dents semblables à celles des crânes du *Totentanz*, au bord du Rhin. Mort, C. sourit comme un animal mort. On lui voit les dents inférieures. C'est pourtant la même bouche qui fut désabusée, tendre, lâche, amère, oblique, forte. Une mouche s'y pose, sa cuirasse mordorée luisant dans la lueur bleue de la veilleuse qui pâlit. Deux mouches. C. se vide brusquement dans un borborygme de cloaque, ses excréments s'écoulent et bouillonnent dans le bassin, éclaboussent l'alèse caoutchoutée, après avoir franchi le sphincter avec un gloussement.

Le petit domestique hospitalier, le gamin qui vide les bassins, entre dans la chambre et trouve C., les yeux ouverts, la bouche ouverte. Il tire son peigne de sa poche et ramène en arrière les cheveux de C. Vieille coiffure des morts. Il essuie la salive au coin de ses lèvres. Les mouches vont provisoirement se poser ailleurs.

C. meurt mais certaines de ses cellules continuent leur vie élémentaire, leur vie souterraine. Pendant les deux heures qui suivent la mort, des mouvements agitent l'épithélium cilié des voies respiratoires, les contractions de la tunique intestinale feignent d'assurer la progression de matières déjà rejetées.

Purifié, C. entre dans les noirs dédales de la mort.

Il n'est nullement improbable que les cristaux essentiels d'un organisme se désintègrent temporairement pour se réintégrer ultérieurement selon de nouvelles combinaisons. Il n'est nullement improbable même que plusieurs séries de cristaux dissociés se séparent, voyagent et se recomposent selon des *patterns* totalement indépendants de leurs groupements d'identité originaux. Il n'est nullement improbable que certaines combinaisons se dissocient définitivement ou que de nouveaux *patterns* de cristallisation apparaissent soudain.

Ceci ne signifie pas que rien ne soit impossible mais seulement que la somme mathématique des possibilités est supérieure à la somme imaginaire des possibilités.

Hermès Psychopompe prend C. en charge. Nulle friction.

Deux infirmiers soulèvent C. et le placent sur un chariot. Un troisième ouvre la fenêtre pour chasser la puanteur.

On roule le chariot à travers de longs couloirs, sur du linoléum vert au son faux. Ascenseur, puis la morgue avec son odeur de phénol, son froid glaciaire. Un nouveau seuil.

C. est déposé sur une table de faïence, dans une pièce pauvrement carrelée qui a deux grandes portes métalliques et une espèce de rigole dans le sol. La table aussi a une rigole.

S. arrive en fin d'après-midi avec du souci dans l'œil et du champagne. Au bureau des admissions, on a déjà biffé

C. sur le registre. Le vieux Dr. J. attend S. dans son cabinet de consultation. Il dit : je suis désolé. Nous avons fait tout ce que nous avons pu. Le foie était déjà très détérioré par l'alcoolisme. S. doit signer quelque chose, payer quelque chose. Dans l'ascenseur, le petit infirmier et S. regardent fixement le sol d'un air maussade. S. se dit qu'il va devoir prévenir la famille et qu'il y aura des tas de formalités avec le Consulat britannique. À cinq heures du soir, S. téléphone à Londres où il est midi trente. Les parents vont précisément se mettre à table pour le lunch. Choc. Pas de cimetière. Pas de tombeau. Pas d'histoires. Cendres, cendres, cendres...

Une dizaine d'heures après la mort de C., l'on pourrait facilement déceler au microscope dans la moelle épinière les premières altérations des tissus nerveux. La mort de la moelle épinière succède à celle des ganglions spinaux dont la mort succède elle-même à celle du cerveau et du cervelet.

Le dispositif de climatisation ronronne. C., encore vêtu de son pyjama souillé, le visage révulsé, est allongé sur la table de faïence. En somme, l'embolie pulmonaire, cause de sa mort, l'a emporté sans trop de commotions. Les yeux de C. sont clos. Il y a de l'ironie dans son rictus. Rien de grave. Transit de quelques heures dans cette pièce aux fenêtres grillagées comme celles d'une prison, mais si claire...

De sa chambre, on a directement transporté C. au crématoire, sans passer par la morgue. Dans un couloir obscur qui sent la chaufferie, le métal chauffé et rien d'autre, C. est allongé sur la glissière. Quelqu'un l'a rasé, lavé. Son expression est sereine, presque gaie. Les horreurs de la septicémie, cause de sa mort, ont disparu avec la vie. C. est nu, à l'exception du gros pansement qui lui entoure l'abdomen et le bas du torse. C. est encore beau. Intact presque. L'os sphénoïdal plus gracieux qu'un papillon, la colonne vertébrale, puissante chenille, les sutures crâniennes comme le zigzag graphique de quelque mescaline, écriture chiffrée, le réseau des structures osseuses, subtil labyrinthe.

Le valet des morts arrive en traînant les pieds. Il est coiffé d'un turban crasseux et, pour tout vêtement, porte un *dhoti* de coton bleu. C'est un ancien intouchable et - vieille habitude survivant aux lois nouvelles - il forme de ses mains une petite cuvette pour y accueillir les pourboires des personnes de la famille. Il regarde C. un instant sans rien dire puis lui enlève son pansement. Comme il n'a pas de ciseaux, il se sert d'une espèce de lame, d'un éclair gras malgré la rouille à la base du manche. Un couteau comme il y en a beaucoup. Il arrache la dernière compresse, la gaze qui cède dans un craquement de déchirure tandis que la plaie se débride spontanément avec un clappement inaudible et dégorge une sanie jaune qui s'écoule jusque dans les toisons pubiennes.

L'intouchable - revanche d'intouchable - baise la bouche de C., un geste qu'il a coutume de faire quand les morts sont beaux. Il lui effleure le sexe, mais l'abandonne en entendant des pas. L'incinérateur entre, vêtu d'un *overall* et il dit : Alors ?

Alors qu'on va incinérer C., son muscle iridien est encore sensible à la température, ses ongles poussent, sa barbe pousse. On pousse un bouton, on pousse une manette, des parois métalliques glissent, le tiroir où est étendu C. disparaît entre elles qui se referment prestement. Crémation ou le privilège de n'être pas une charogne. On incinère C. pour la fête du feu, du retour à la lumière.

La température est de 800° Celsius. Dernières images du film que fut la vie de C. : ses cheveux grésillent, ses yeux fondent, son corps soudain se redresse et se cabre puis se recroqueville, ultimes mouvements de sa forme humaine. La chaleur réduit le corps de C. à la taille d'un très petit enfant, noir, calciné, charbonneux, noir charbon de chair. Puis il tournera au gris sombre, au gris clair des cendres.

Après trois quarts d'heure, il ne restera qu'une couche de cendre qui, rassemblée en tas, atteindra le poids approximatif de 1 160 grammes.

La femme et les filles du valet des morts vont presque chaque jour, au soleil couchant, tracer des figures sur le sable quand la mer se retire. Le vent gonfle leurs *saris* loqueteux tandis qu'elles dessinent dans la boue grumeleuse des images de Kali, qu'elles pétrissent des reliefs presque informes où l'on reconnaît pourtant la déesse, les cheveux dressés, la langue tirée, les yeux exorbités, parée de têtes de mort en guirlandes. C'est seulement quand la nuit tombe, que la femme et les filles du valet des morts regagnent leur hutte de planches.

Il y a S., deux rédacteurs du journal pour lequel écrivait C. mais qui ne le connaissaient presque pas et les parents d'un ami. Ceux-ci peuvent être les parents de l'ami chez lesquels C. logeait provisoirement. Ils peuvent être aussi M. et sa femme. A. et B. peuvent aussi être présents, pourquoi pas ? Les deux voitures filent le long d'une grande artère dont l'anonymat et le modernisme basculent dans une espèce de néant qui, imparfait toutefois, laisserait désirer les qualités du néant. S. tient sur ses genoux la boîte en plastique contenant les cendres de C. Le préposé n'a d'abord pas su à qui les remettre et personne ne savait qui devait les prendre. Il y a eu un instant de flottement, d'hésitation, puis S. a tendu la main. Il tient la boîte et bien qu'il baisse les yeux sur elle, on ne saurait dire s'il la regarde.

Quand tous descendent des voitures, un soleil de fin de matinée projette l'ombre de la boîte sur le sol, losange couleur d'ardoise, l'ombre des cendres, ombre ultime de l'homme le plus vulnérable qui fût. Une barque à moteur attend près du Gateway of India. Le vent de la mousson emporte loin sur l'océan Indien le cri des énormes mouettes.

La barque s'éloigne un peu du rivage. Le ciel et la mer sont d'un bleu coruscant. S. ouvre la boîte et le vent emporte les cendres loin sur les eaux de l'océan. S. se penche, emplit la boîte d'un peu d'eau, la vide, l'emplit encore pour qu'elle coule lorsqu'il la jette. Il a oublié le couvercle sur le banc de la barque qui vire de bord et revient en pétaradant vers le Gateway of India. Personne ne prie. Personne ne parle. Personne n'a pensé aux fleurs.

Les cendres s'intègrent à la mer. Elles sont pleines de vie, les cendres. Elles redescendront dans les pluies et les neiges qui tombent sur l'Europe, elles descendront sur les visages que la pluie semble noyer de larmes.

Elles sont pleines de sels minéraux, les cendres. Aussi iront-elles enrichir les coraux, engraisser les algues de la Mer d'Arabie, celles qui ont des noms sublimes. *Gelidium corneum. Amphiroa fragilissima Lamour. Jania rubens Lamour. Galaxaura oblongata. Sargassum cinereum Lamour...*

Et le poisson mange l'algue et l'homme mange le poisson, l'homme passe dans la terre et la terre dans la plante et dans l'insecte et dans l'oiseau. Cendres et cendres, sang et limons, sucs et fanges, alluvions, sèves et semences, cendres, ô cendres. *Sargassum cinereum Lamour.*

Chevelures, vulves, mains, les algues se désagrègent, se dispersent dans le plancton qu'absorbe l'huître perlière, l'huître qui forme sa perle, larme des mers, larme de *mother-sea.*

Pour le deuil de son mignon Quélus, tué en duel, percé d'une lame, Henri III de France porta aux oreilles des perles noires dont l'éclat funèbre affolait l'œil des femmes. Un autre Henri, d'Angleterre celui-là, avait jadis permis que la lame transperçât Becket.

Les algues dansent dans les abîmes de l'océan Indien. *Sargassum cinereum Lamour.*

Et voici que C. s'éloigne, s'éloigne et s'évanouit, disparaît, entraîné par les courants marins, par les grands rythmes cosmiques, voici qu'il se dissout, perdu, éparpillé dans les vastes régions de la mort.

C., comme « cendre ». Cendres, ô cendres, vers quel nouveau rivage ?

LE PURITAIN PASSIONNÉ

Remontant des ténèbres où j'étais tombé, je vis tout proche du mien un visage rouge et soucieux de pauvre homme.

— Ah, Monsieur, vous m'avez fait peur... mais ça va mieux, hein ?... Des antennes, des bras de fer, des barreaux - je suis astigmate - sortaient d'une casquette de gardien et, au-delà de cette grille, souverain, solitaire en son indifférence : le tigre.

Son regard qui touchait le mien sans prendre ni donner, du moins cette fois-là, avait pourtant changé quelque chose. Rien ne pourrait plus effacer mon évanouissement de la grande somme universelle. Sous ce regard, je m'étais écroulé dans un anéantissement temporaire bien qu'absolu en sa qualité, je m'étais dissocié comme ces larmes bataviques qui se pulvérisent aussitôt qu'on en rompt la pointe. Un visage avait suffi pour dissoudre le mien, pour avaler mon âme.

— C'est la chaleur, dit le gardien. C'est peut-être aussi l'odeur...

C'était un jour d'hiver et dans les bâtiments du jardin

zoologique de Vincennes, le chauffage donnait à fond. Une buée montait des corps fauves, des flaques d'urine absorbées par la sciure, des quartiers de viande qui bleuissaient.

M'aidant à me relever, le gardien demanda avec un regard oblique si je m'évanouissais souvent.

— C'est la seconde fois...

La seconde fois en quarante-trois ans, ce n'est pas beaucoup.

La première fois, je devais avoir onze ans. J'entends crier Blanche : Denis est tombé ! Denis est tombé !... Je sens le gravier du jardin entrer dans mes paumes puis plus rien, le noir, jusqu'au réveil - vinaigre et lavande - sur le canapé du salon.

— Je vais appeler un taxi, dit le gardien.

Il m'emmena dans ce réduit propre à tous les blocs du zoo, une pièce éclairée au néon, où sont entreposés des seaux et des balais, des fioles de sirop vitaminé et des désinfectants, près d'un étal carrelé servant à découper la pitance des bêtes. Au mur, un vieil appareil téléphonique, un calendrier illustré de photos d'animaux, un trousseau de clés suspendu à un crochet. Petites clés pour les portes et, pour les grilles des cages, grosses clés noires et rudimentaires comme celles des pendules ou des prises d'eau dans les jardins.

L'homme m'accompagna jusqu'à la sortie où le taxi attendait déjà. Alors que la voiture démarrait, je me sentis en proie à une inexplicable gêne, une fiévreuse inquiétude de l'âme et du corps. Il s'y mêlait une impression de vacuité comme si j'eusse été soudain délivré d'un volume caché ; j'étais un ballon léger et douloureux. Cet état persista jusqu'à l'instant où je pris enfin conscience d'avoir omis ce que je m'étais proposé de faire, d'avoir quitté la maison des fauves, sans un dernier regard au tigre. La mauvaise conscience d'un manquement que je pressentais comme fatal s'installa en moi, emplissant l'espace vide d'un poids plus douloureux encore. L'intention soldée par un non-lieu se concrétisa, l'idée devint pierre noire. Encore une fois j'avais failli.

Le jour refuse de se lever, pesant, maussade. Pourtant il y a dans l'air comme une lueur venant de derrière un rideau, une promesse de clarté semblable à celle des jours d'enfance où je traçais des florages sur la buée des vitres. Fuyante immobilité de l'insaisissable, des mots redits, des gestes répétés, le présent est resserré dans l'étranglement de la clepsydre - taille de guêpe douloureuse et fragile qui unit le passé au futur - à la recherche de sa propre durée toujours évanescente.

Mais, image projetée, image évanouie, Nantes et ses hivers brumeux quand les cargos beuglent sur le fleuve et que les lampes brûlent tout le jour dans les maisons qui sentent le feu de bois. Le gris est une bonne couleur pour réfléchir, rien de meilleur qu'une morne enfance pour descendre en soi. Je le vois bien maintenant, même s'il m'est arrivé jadis d'envier aux autres enfants leurs pères indolents, leurs mères fessues dans des tailleurs beiges. J'imagine parfois combien j'eusse - peut-être - aimé m'épanouir, m'ouvrir, sans le sceau qui marqua mon enfance. Ce fut dès l'origine, je pense, dès l'instant où je ressentis la contrainte comme une chose évitable et non évitée, quand l'interdit et son fidèle reflet la transgression m'apparurent pour la première fois de chaque côté du miroir. Aussi, que je croie ou ne croie plus - je méprise tout dogme, vêtement trop étroit -, aurai-je toujours un penchant pour les lits durs, la douche froide, les murs blancs. Marqué par le puritanisme, je ne suis pas un puritain : tout puritain est fort d'une puissante arrière-garde, or je n'ai personne. Je suis un homme seul, un de ceux auxquels saint Paul annonce et souhaite le malheur.

Ceux qui connaissaient mal Denis pourraient admirer qu'il sût si bien se peindre en si peu de mots. Le portrait est certes véridique mais incomplet. Cet homme qui se croyait libre de toutes les sensualités sacrifiait constamment à la pire d'entre elles, celle de l'imagination. Il avait délibérément choisi sa solitude afin que la compagnie d'autrui ne l'empêchât point d'explorer tout à son aise les labyrinthes de sa Ville Interdite. Ces incursions n'étaient pas sans narcissisme et sous le prétexte d'une impitoyable sincérité, il passait sa vie à scruter le miroir. Il va sans dire que les brumes de son propre souffle lui masquaient bien des choses et que de celles qu'il percevait, il ne voyait que l'image inversée.

Pensant à la lumière grise, pensant à mon évanouissement de l'autre jour, je me souviens d'un rêve à l'improviste ou peut-être à la fausse improviste.

Je suis dans une barque étroite et plate qui sans voilure, sans moteur et sans rames, glisse sur des canaux bordés de roselières. Cela évoque la Hollande ou plutôt Torcello. Oui, c'est Torcello, la même infinie tristesse des eaux et du ciel. La barque glisse assez vite, cachée par les parois de roseaux aussi compactes que des falaises. En face de moi, un tigre vautré, comme une courtisane sur une peau de tigre, me regarde sans curiosité, lointain. Je ne sais depuis combien de siècles nous glissons ainsi sur les canaux couleur de plomb. Je n'éprouve ni peine ni joie, ni crainte ni espoir. Il suffit que cette barque m'emporte en compagnie du tigre demi couché sur une peau de tigre. Le rêve n'évolue pas, les métamorphoses lui sont étrangères, il repose en lui-même comme le tigre repose, splendide en ses fourrures. Je ne me souviens plus quand j'ai fait ce rêve, s'il est ancien ou récent. Peu m'importe. Il me revient en mémoire, indiciblement présent et véridique.

Puisque j'ai commencé ce journal non daté, puisque j'y évoque mon enfance - et ne serait-ce qu'incidemment - voici encore les souvenirs de Nantes, quand déformé déjà mais en même temps peut-être augmenté à mon insu par certaine démarche contraignante - quête infirme d'un absolu très relatif en somme car humainement concevable bien qu'inimaginé, je prenais conscience de ce qui m'entourait.

Là aussi des roselières, en bordure de la Loire plate et lente qui brillait par places. Le soir, les grenouilles y menaient leur tapage et je les associais à celles d'une frise en majolique courant le long de notre terrasse. Il y avait derrière la maison une véranda menacée de moisissure, sur laquelle ouvraient une salle à manger très sombre et un salon froid parqueté en point de Hongrie.

Était-ce l'air de la ville ? Voulions-nous renchérir sur l'austérité des calvinistes ? Je ne sais, mais chez nous le catholicisme semblait fait de flamme et de rigueur.

Mon père était subrécargue. Des poils noirs bouclaient sur ses phalanges blêmes. Grand et sec avec un visage d'aigle, il était envers moi d'une extrême dureté. Certes conscient des souffrances qu'il m'imposait pour m'offrir l'occasion de me sanctifier, il eût ainsi fait preuve à mon endroit d'une ineffable charité, si le plaisir qu'il y puisait n'avait pas déprécié son œuvre. Probablement - mais là je ne puis que conjecturer - cette dépréciation pesait-elle bien peu en regard de l'inébranlable conviction qu'il avait de posséder la Grâce.

Ma mère semblait effacée comme à la gomme et sa présence même laissait un vide. Toujours vêtue de noir, coiffée d'un dur chignon, elle ne devait pourtant pas être exempte de sensualité car je me souviens qu'elle soignait ses mains à la pâte d'amandes et que lorsqu'on préparait des confitures, elle faisait fermer les fenêtres et ouvrir les portes intérieures afin que la fragrance pût se répandre dans toute la maison. J'en étais moi-même étonné car chez nous tout était péché : s'appuyer au dossier d'une chaise, rire, manger une biscotte sans dire le *Benedicite*, se mirer dans une vitre...

Je me souviens par exemple qu'un jour deux carriers vinrent abattre une statue verdie représentant je ne sais quelle divinité qui longtemps avait orné un coin du jardin. Ma grand-mère avait toujours demandé de l'épargner ; dès que la vieille femme fut morte, on brisa cette statue dont je n'ai plus qu'un très vague souvenir. Mais je revois encore les carriers et leurs pics, j'entends encore les coups et j'en ressens de la peine.

Alors que Denis n'avait que deux ans, jouant un jour au jardin, il désigna une statue à demi cachée par des buissons de fusain et demanda à sa grand-mère qui était cette femme blanche. Elle lui répondit que c'était Diane. Il demanda là-dessus qui Diane était mais la grand-mère ne sut ou ne voulut lui fournir d'autres explications. Le nom avait semblé beau à Denis et, comme un caillou jeté à l'eau tombe jusque dans les limons, il s'enlisa tout au fond de lui, dans cette région riche et noire que nous appelons bien vainement « l'oubli ».

Une bonne maigre comme un balai n'a joué aucun rôle dans mon enfance mais nous avions aussi Edmée, cuisinière bossue aux pattes crevassées, dont j'aimais la compagnie. Je l'aidais parfois bien que ce me fût interdit, prenant plaisir à écosser quelques pois, ludionnant à essuyer des verres, me délectant en secret du côté bas de ces tâches. Edmée avait longtemps servi chez un autre puritain dont la maison était dévorée tout entière d'un fongus qui l'emplissait de sa puanteur. Cette cuisinière nous préparait une chère exquise sur laquelle jamais mes parents ne faisaient le moindre commentaire et que nous consommions les yeux baissés ; mon père, parce que la nutrition était une suite du péché originel ; ma mère, par décence et moi parce que je n'avais jamais assisté à quelque autre genre de repas.

Jansénistes, mes parents ignoraient l'être, accoutumés à certain mode de pensée qui leur venait de loin et n'avait jamais été mis en question. Aussi avaient-ils toujours vécu sur une scène éclairée *a giorno* devant un spectateur terrible qui était Dieu et se ressemblaient-ils comme le visage finit par ressembler au masque. Pour moi, je ne me suis jamais ressemblé. Je veux dire que je suis un corps étranger, au vrai sens du mot, au double, au multiple sens du mot.

À une très grande pénétration d'esprit s'ajoutaient chez mes parents la manie de l'analyse et un penchant pour la logique. Il est certain que cette incessante recherche des choses de l'âme tenait lieu de tout autre divertissement et les surpassait tous. Quant à moi, trop peu versé dans l'exercice spirituel encore qu'on m'y eût habitué très tôt par la pratique de l'examen de conscience, il me fallait des nourritures plus épaisses et plus corsées. Edmée le savait et me parlait souvent des miracles par lesquels Dieu se manifeste aux Élus. Elle disposait de toute une imagerie aux brillantes couleurs, elle évoquait une forme de foi étrangère à celle de mes parents et de laquelle je me délectais comme un noble va s'encanailler à la kermesse. En dépit d'un très vif amour de l'ordre et d'un attrait excessif pour la propreté, j'étais sous le charme de la scatologie chrétienne. J'aimais infiniment l'histoire des convulsionnaires de Saint-Médard, je me complaisais au-delà de toute expression aux abominations des démons tourmentant les saints, aux plaies des stigmatisées, aux putrides mortifications des mystiques. Je les introduisais secrètement dans les éventualités magiques de la grande maison où je m'étonnais quelquefois de ne pas voir de séraphins armés dans les corridors, de boules de feu dévalant les escaliers, de tigre tapi sous mon lit. Ces fantasmes se superposaient à l'autre spiritualité, à cet état qui pourrait s'exprimer par l'adjectif « blanc », oui, par une cruelle lumière blanche, et qui nous faisait vivre chaque heure comme si elle eût précédé celle du Jugement.

Tuba mirum
Spargens sonum
Per sepulchra regionum...

Inaudible, l'écho semblait sortir des murs, la trompette de l'Ange s'encastrait dans la rosette des plafonds.

J'avoue toutefois qu'au fur et à mesure que je grandissais, l'attirance pour le côté bourbeux et sensationnel de la religion – ressentie aussi longtemps que je pus croire et même bien au-delà de cet été de ma seizième année où je perdis la foi - n'était pas sans me causer de gêne. Je savais devoir me défaire de toute cette imagerie foraine, illicite à coup sûr, au profit d'une sublimation, d'une abstraction. À l'instar des siphonophores, c'était par le sommet qu'il importait de se renouveler sans cesse. Sur ces entrefaites, notre confesseur habituel mourut et fut remplacé par un ecclésiastique dont l'haleine sentait la tripe et le café au lait. Ma naïveté lui fit bien vite découvrir de quel esprit j'avais été dirigé, il m'accusa de désobéissance envers l'Église et, pour la première fois, j'entendis mentionner le jansénisme, en même temps qu'on m'en fournissait l'explication simplifiée. Apprenant ainsi que j'étais déjà hérétique à douze ans, j'eus grand peur d'être damné puisque j'avais été assez impie pour penser que le pape avait tort de ne pas être aussi rigoureux que mon père. Ma mauvaise conscience chronique s'en accrut mais je ne m'en ouvris à personne.

Aujourd'hui où ces choses m'indiffèrent, c'est d'un regard plutôt amusé que je considère les chrétiens modernes qui conçoivent le salut comme quelque entreprise communautaire à prix réduit, une espèce de voyage organisé à peu de frais. Malgré l'éloignement que toute religion me cause à présent, je suis convaincu que mon enfance fut comme elle devait être. Jamais la chimère ne nous vient par la porte des libertés.

Une étrange notice de presse me tombe sous les yeux. À Hambourg, une femme n'a pu résister au désir de caresser un tigre du jardin zoologique, à travers les barreaux de la cage. Il a toléré la caresse quelques instants puis, se retournant d'un seul coup, a arraché le bras de l'importune.

Cette femme est donc morte du geste qu'elle serait morte

de ne pas avoir accompli. Et j'essaie, j'essaie de me représenter non pas seulement un bref magnétisme tactile, mais surtout quelle passion dévastatrice avait pu habiter cette femme. Il y aurait certes plusieurs explications possibles dont la moins plausible ne serait pas l'intuition, le pressentiment, l'acceptation de la catastrophe. Une démarche en somme délibérée, la révélation d'une nécessité inéluctable. Alors que j'y réfléchissais - mes soirées solitaires sont longues et j'ai beaucoup de temps pour réfléchir -, je me suis souvenu d'un livre qui s'empoussière sur les rayons de ma bibliothèque et que je veux relire. C'est un ouvrage du professeur Dr. Dr. Dr. h. c. Gabriel M. Weisshaupt, de l'Université de Heidelberg, *Das totemische Tiersymbol in der atavistischen Vorstellungswelt*, un petit livre vert et fané.

… Dès l'instant où les conquêtes d'Alexandre font connaître le tigre à l'Antiquité, le sphinx commence à reculer dans les brumes de l'archaïsme, tandis que soudain devenu autonome, son mythe se schématise et se concrétise au contraire dans le réel. Le motif du tigre entre dans la conscience occidentale et s'incorpore tout naturellement au répertoire des symboles.

Insolite, chatoyant, impitoyable, le tigre pose à l'homme une question plus insoluble que la vieille énigme du sphinx, une question d'autant plus torturante qu'elle refuse de se formuler distinctement. Car l'angoisse imposée par le tigre ne réside pas dans la crainte de ne pas connaître la réponse mais dans l'impossibilité de saisir les termes de l'équation. Les données du problème posé à Œdipe ne relevaient quant à elles que d'une morphologie très grossièrement simplifiée et empruntaient aux esprits qui les avaient conçues une transparence rationnelle qui démentait le caractère du sphinx. Démoniaque et chtonien, il posait inopinément la question apollinienne d'une connaissance humaine réduite aux phénomènes de la locomotion. Aussi le désaccord entre la question et celui qui la posait, résidait-il dans un vice de forme fondamental. L'irrelevance d'un propos une fois formulé dans sa totalité par la réponse d'Œdipe menait en même temps l'existence du sphinx *ad absurdum*, ne laissant à celui-ci nulle autre ressource que celle de sa propre destruction. Il s'agissait donc d'un mythe imparfait, non pas à cause de la mort du monstre - la mort mythique étant étrangère à toute notion définitive historique - mais à cause des prémisses sur lesquelles se basait le développement légendaire.

Ce manque de profondeur des racines résultait probablement de ce que la Grèce avait emprunté la figure du sphinx à l'Égypte, sans l'avoir soumise à une interprétation transcendantale appropriée.

Cette lecture incita Denis à étudier systématiquement tout ce qui avait rapport au tigre. Il lut de nombreux ouvrages anglais, français et allemands sur ce sujet. La bibliographie de l'un le conduisait à celle de l'autre et ainsi de suite. Il envoyait ses commandes à des libraires de Londres, de Berlin, de Zurich. C'était avec des battements de cœur que chaque soir il prenait son courrier chez la concierge, ouvrait des paquets, déchirait des enveloppes, se désespérait d'apprendre qu'un ouvrage était épuisé. Les études exhaustives en petits caractères, les longues thèses jaunies, les ouvrages de vulgarisation, les albums photographiques s'amoncelaient sur la grande table du salon. C'étaient surtout les images qui le fascinaient, les photos en couleurs des publications américaines, respirantes, palpitantes, éclairées d'obliques lueurs jaunes. Le tigre y était épié dans ses chasses, ses amours et ses jeux, partout surpris même jusque dans sa mort. Denis retrouvait des paysages connus, il percevait encore le clappement mouillé des mousses cédant sous le pas, le crissement dur des grandes herbes aquatiques entendus à Sumatra où, pour son plaisir, il avait jadis pris part à une expédition d'observations zoologiques.

Il fut frappé de la diversité des visages, de la formidable personnalité de chacun d'entre eux. Il observait les différentes expressions de l'œil - toujours oblique et petit -, les dessins tracés sur les deux taches blanches du front et qui distinguent chaque individu, les oreilles marquées comme les ailes du paon de nuit. Une rage le saisissait à la vue des chasseurs, à l'énumération des massacres.

À cette nouvelle passion, il donna le nom d'intérêt. Il la mit naïvement, pensant la réduire au même rang que la philatélie ou la bibliophilie, incapable de se représenter combien elles peuvent être dévorantes. Le fréquent passage du tigre dans ses pensées n'était qu'une marotte, se disait-il. Mais tout au fond de lui, dans les cavernes viscérales, une inquiétude naissait, confuse puis plus précise, jusqu'au jour où il dut s'avouer que la prédominance du tigre occupait une place anormale dans sa vie. Alors il s'empressa de l'accepter humblement, comme une chose inévitable mais dénuée d'importance. Il ne daigna pas même se poser de question quant à l'origine du phénomène en soi déjà plus qu'alarmant.

Il existe toute une mythologie du tigre, immense édifice dont les éléments s'intriquent et se soutiennent, mi-forêt mi-palais, palmes, rayures, reflets, volutes, et auquel ont œuvré les hommes de tous les siècles, chasseurs, marins et même colonialistes retraités.

Je me souviens d'avoir vu un fœtus de tigre dans l'esprit-de-vin. Il était à peine gros comme un chat domestique, parfaitement formé et provenait d'Indochine. Les yeux clos, la queue enroulée, il aplatissait ses doigts roses comme des pétales floraux contre la paroi du bocal. Il appartenait à un parent éloigné qui vivait au Pellerin, en bordure de la Loire, dans une maison claire comme une lanterne, entourée d'un fouillis de jardin où picoraient des poules qu'on ne tuait jamais. Je n'avais que très rarement la permission d'aller voir cet ancien capitaine, rabougri comme un sarment dans ses vêtements de drap bleu foncé, car on le supposait athée, sans compter qu'il s'était marié à une Juive qui se faisait des patiences et du chocolat tout le long du jour.

Puisque nous en sommes à la parenté, je veux parler de ma cousine Blanche. La maison qu'elle habitait rue Dobrée était loin de ressembler à quelque lanterne. Aveugle et silencieuse, fenêtres toujours closes, elle appartenait aux deux terribles vieilles filles qui avaient recueilli la nièce orpheline et qui, toutes deux semblables, étaient si sèches qu'on s'attendait à les entendre craquer comme des feuilles mortes. Je revois surtout leurs énormes yeux noirs, indiciblement ronds et fixes, enchâssés dans les poches parcheminées des paupières jaspées de mauve.

Les deux tantes étaient encore plus rigoureuses envers Blanche que mon père l'était envers moi. Il admirait beaucoup quant à lui le suprême degré jusqu'auquel elles avaient su élever l'idéal puritain. Mes parents trouvant leur édification dans la compagnie de ces inflexibles saintes qui ne dédaignaient certes pas la leur, Blanche et moi avions souvent occasion de nous voir. Nous étions du même âge et, aujourd'hui encore, je ne parviens pas à m'expliquer comment nos familles, sans cesse à l'affût du péché d'impureté et le subodorant en tout lieu, pouvaient nous laisser ensemble sans surveillance. Je pense que mes parents reportaient sur la nièce la vertu qu'ils voyaient dans les tantes et espéraient que Blanche exercerait sur moi quelque pieuse influence, tandis que de leur côté et grâce au même mécanisme, les vieilles demoiselles attendaient que Blanche participe par osmose à mes mérites.

Blanche. Ses robes trop longues, ses gants boutonnés, ses cheveux noirs coupés au bol… Les révérences qu'elle faisait à mes parents étaient raides ; elle pliait le genou comme une poupée de bois car il ne fallait rien de mondain dans les civilités. Mais elle avait des yeux couleur d'herbe tels que je n'en ai jamais vus d'autres.

Quand il ne pleuvait pas, nous allions au jardin, s'il faisait mauvais temps, dans la véranda. Alors Blanche, appuyée à un arbre ou adossée au mur, demandait d'une voix douce :

— Je commence ?

Sans attendre la réponse, elle commençait en effet le rite inauguré quand nous avions peut-être huit ans et que nous devions garder jusqu'à notre adolescence.

Posément, elle énonçait les plus atroces blasphèmes qu'il m'ait jamais été donné d'entendre. Par sa bouche, le christianisme s'effondrait non pas comme un édifice qui croule mais comme une poche d'immondices qui se défait. Les excréments sourdaient en gargouillant des plaies du Sacré-Cœur. Éventrée, l'Immaculée Conception répandait sa tripaille grouillante de vers. L'hostie souillée collait comme une morve dans des linges de forçat.

Blanche… Ne jouant jamais avec son sexe ni avec celui des autres. Ses yeux si verts…

Chacune des paroles de Blanche - flèche impossible à arracher - pénétrait mon âme, ma chair enfantine, pour m'obséder jusqu'à ce point précis de « la douleur exquise ». Tout ce qu'elle avait proféré revenait pendant mes devoirs, mes repas, mes prières surtout. « Souvenez-vous, ô très pieuse Vierge Marie, qu'on n'a jamais entendu dire que nul de ceux qui ont eu recours à vous... » Et Marie crevait, outre putride. Le flot de sanie menaçait de m'engloutir. À chaque heure du jour et même jusque sur le pont fragile qui mène de la veille au sommeil, les paroles immondes remontaient du fond de mon âme comme des bulles pestilentielles, pour éclater avec un clappement mou.

Chaque annonce d'une visite de Blanche, toujours plus torturante, plus obsédante - car il y avait aussi processus cumulatif -, me mettait hors de moi. L'impatience m'empêchait de manger et de dormir jusqu'à ce qu'enfin la petite silhouette apparaisse sur le seuil du salon. Bonjour ma tante... Merci ma tante... Révérence...

Rien ne m'eût été plus facile que de dénoncer Blanche. J'aurais aussi pu l'éviter sous un quelconque prétexte ou me prétendre malade bien que l'idée ne m'en vînt pas, les traîtrises ou les feintes de ce genre m'ayant toujours été étrangères. En vérité, je ne pouvais me passer de Blanche ou plus exactement des supplices qu'elle m'infligeait. Elle était mon ange, surtout quand ses épouvantables litanies violaient ma pudeur et m'écorchaient à vif, quand leur horreur s'attachait à toutes mes fibres, sans cesse répétée, toujours neuve. Cette torture m'était devenue aussi indispensable qu'une drogue. Blanche m'étonnait à chaque rencontre par de nouvelles arabesques et je me demandais souvent quel esprit maudit récitait par sa bouche cet interminable poème, de quelles infernales latrines débordait cette marée d'ordure.

Ayant écrit ces lignes, Denis se leva et observa attentivement son visage dans le miroir surplombant la cheminée. Il concrétisait ainsi dans un geste précis l'habitude abstraite qu'il avait de s'analyser. Il scruta son visage olivâtre à la bouche asymétrique, aux yeux couleur de pain brûlé. Étant encore à l'âge où les lèvres deviennent plus sensibles et plus maigres, il avait déjà le regard usé qu'on voit à de vieux prêtres et aux médecins des hôpitaux. Comme peu sûr de lui, il était peu sûr de son visage, il s'étonnait seulement de l'étrange merveille de traits arrachés au chaos, présents pour un temps mesuré mais indélébiles dans les siècles des siècles, son visage, bref reflet entre le néant et la nuit. Rien ne pouvait plus faire que cette face, qui était sienne, qui était lui, n'ait jamais eu lieu, précaire mais réelle comme une flamme mirée dans une eau sombre.

Il se demanda soudain s'il ressemblait à Blanche, bien qu'entre eux la parenté fût lointaine. Il chercha et trouva, crut s'être trompé, perdit la fugitive et peut-être illusoire similitude, la retrouva, pensa la retenir et la perdit encore...

Soudain, il fut jaloux de la foi que sa cousine avait dû posséder pour apporter une telle passion dans le blasphème. Il envia cette véhémence en elle, cette double source de l'allégeance et du refus, mais dès qu'il tenta de se représenter la volupté que Blanche puisait dans le sacrilège, il ne put qu'imaginer une souffrance pareille à la sienne, un irrémédiable désespoir d'enfant.

Il était la proie d'une grande confusion. Il quitta le miroir, du moins le miroir extérieur, referma le cahier où il notait certains de ses états d'âme et se mit à lire ainsi qu'il le faisait chaque soir, lorsqu'il avait regagné l'appartement qu'il occupait rue Monge. N'étant qu'à quelques mètres de son étude de notaire, il lui permettait le luxe de se passer de voiture. Les fenêtres donnaient sur les Arènes de Lutèce. Les meubles, sombres et lourds, étaient d'un XVIIIe siècle plus noble que beau, celui des provinces de l'ouest.

Je reçois très peu de visiteurs. L'un d'eux pourtant m'a demandé pourquoi je n'avais pas de chat. J'ai toujours aimé les animaux mais dans mon enfance on me les refusait car, disait ma mère, il ne faut pas s'attacher à la créature. Ensuite peut-être fut-il trop tard pour prendre de nouvelles habitudes. Ce n'est d'ailleurs pas d'amitié sereine dont j'ai besoin. Un félin n'est pas toujours félin, toute félinité a ses nuances et ses degrés. Certains qui ne sont pas félins le sont pourtant beaucoup, tels les beaux chats viverrins. Parlant de chat viverrin, je revois un instant la civette d'or, le *linsang* qui traversa vivement la lueur des phares, pour disparaître dans la jungle ruisselante de sève et de vapeur. Je voyage parfois, mais j'ai pour principe de ne m'éloigner que rarement et de m'astreindre à l'ennui des enregistrements, litiges, successions, bien que je sois libre de moi-même et que la routine tourne passablement en mon absence.

L'étude avec ses meubles de chêne clair, son odeur de dossiers et de papier carbone, ses fenêtres froides découpées sur le gris du jour, mademoiselle Gendre aux longues dents tachées de bleu, aux chemisiers décolorés sous les aisselles, les clercs aux cravates voyantes, aux regards faux, font partie de mon existence. J'éprouve même une certaine jouissance à cet assujettissement ridicule et suis heureux d'éprouver du déplaisir.

Hier, j'avais dû rendre visite à une cliente âgée qui ne peut pas quitter sa chambre. Revenant par la rue des Beaux-Arts, voie sombre et factice dont les cours sonores sont bordées de fusains en caisse, je passai devant l'hôtel où mourut Oscar Wilde. La maison voisine abrite un magasin de reproductions photographiques ; près du comptoir, on peut lire sur une plaque de marbre :

LE CORPS DE BLAISE PASCAL,
MORT LE 19 AOÛT 1662
EN CETTE PAROISSE DE SAINT-ÉTIENNE-DU-MONT,
A ÉTÉ INHUMÉ PRÈS DE CE PILIER.
R.I.P.

Deux visages de la même recherche. Mais si j'envie Pascal poursuivant l'accomplissement suprême jusque dans les derniers retranchements de l'imaginaire, je plains Wilde qui eut le malheur de voir la chimère s'effriter entre ses bras et mourut moins d'être mortel que de l'avoir atteinte un jour. Oui, chimère. Toutes les amours - lignes qui fuient, qui fuient - sont parallèles de ne devoir se rencontrer jamais.

Dans la pierre incandescente du temple de Mendut, le tigre s'est emparé du singe qui voulait l'asservir et, l'ayant attaché à son propre corps, le traîne impitoyablement sur le sol jusqu'à ce qu'il en meure.

Bien sûr, je sais, la mort du singe n'est qu'un des seuils qu'il lui faut franchir. Mais le tigre...

Vint un temps où Blanche n'apparut plus jamais sans une petite boîte en fer dans sa main aux ongles rongés. Cette boîte avait contenu des pastilles contre la toux, seules sucreries permises aux enfants des puritains. Blanche me raconta qu'elle y gardait une hostie consacrée et promit de me la montrer un jour. Ainsi, tandis que ses tantes guettaient le péché avec la féroce attention du varan épiant sa proie, Blanche commettait-elle presque sous leurs yeux le péché suprême, celui qui ne saurait être remis. Communier pour profaner, croire pour blasphémer, telles étaient les seules libertés de son enfance.

Un jour, comme près d'une fenêtre ouverte, ma cousine proférait des paroles sacrilèges qui me lacéraient, je nous vis soudain tous deux reflétés dans la vitre. Blanche de profil - alors qu'elle me faisait face - et moi de face trois quarts, marquant chaque blasphème d'une brève avancée du buste, d'un sursaut qui eût pu faire penser que j'accusais le choc, n'eût été le mouvement de mes lèvres, l'attention exorbitante de mon visage, tout ce qui trahissait l'encouragement que j'apportais à Blanche sans même m'en être jusque-là rendu compte, dictant en quelque sorte ce que j'attendais d'entendre, formant en moi, inaudibles, les épouvantables cataractes qui jaillissaient de ses lèvres.

J'ai souvent repensé à cette image, surtout au temps où je croyais encore. Tout enfant que j'étais, j'y avais lu ma responsabilité ou du moins ma complicité. Or, depuis quelque temps déjà, la notion de cette complicité torturait ma conscience. Comme j'avais toujours attribué les sacrilèges à Blanche seule, n'acceptant pour moi que le rôle de spectateur scandalisé - secrètement heureux d'une vulnérabilité qu'elle-même m'enviait à coup sûr, comme plus tard j'allais envier sa foi -, je n'en avais jamais parlé à confesse, affirmant de la sorte vis-à-vis de moi-même et bien que n'en étant rien moins que sûr, combien j'étais innocent de ces crimes. Et voilà que je découvrais soudain avec une quasi-certitude avoir été surtout animé par la crainte de perdre mon opium, bien plus même, d'avoir probablement été à l'origine du blasphème. Aussi l'image vue dans la vitre me donna-t-elle beaucoup à penser.

Comme ceux des pharaons, les attributs zoomorphiques du sphinx égyptien sont ceux du lion, solaire et viril, image du feu générateur. Aussi la question que pose le lion est-elle celle des relations mystiques entre l'impulsion créatrice et l'impulsion destructrice du feu. C'est de ce symbole en tant que tel que les alchimistes médiévaux firent amplement usage.

Si la réalité matérielle du tigre semble tout d'abord lui fermer l'accès direct à un mythe précis, exactement limité, son essence l'associe pourtant spontanément à ce que E. T. A. Hoffmann nommera « *der Dunkle im Spiegel* ». La panthère, le lynx et le tigre accompagnent Dionysos dans son cortège car il est le maître des choses cachées, des noires ivresses, de la folie, des abîmes secrets. Tour à tour Dieu et victime, vin et coupe, homme et femme, Dionysos préside aux métamorphoses. Parfois, la métamorphose s'appelle mimétisme.

Tapi dans l'herbe humide et sur soi reployé,
Le tigre au ventre blanc, au souple dos rayé, dormait…

Ce tigre au ventre blanc comme la lune et dont l'échine flexible sait revêtir tous les déguisements que lui inspire la ruse, hante les forêts marécageuses, le bord des eaux. Sa nature procède de l'humidité, de la nuit, de la lune. Il est féminin. Il est le *Yin*.

La figure du tigre ne s'attache pas du tout au côté collectif et communautaire de l'orgie dionysiaque, mais se rapporte à un autre aspect de la divinité : celui de la profondeur, du sang, des champs inexplorables de l'âme et de la chair où sommeillent les monstres, des labyrinthes d'ombre qui sont en nous.

À l'inverse du lion générateur et sociable qui tire sa puissance de tout ce qu'il donne, le tigre est éminemment solitaire, caractéristique précisément inhérente au sphinx hellénique. Mais féminisé par les Grecs, ce sphinx devenu femme-lion perdait donc toute signification, sa cote intrinsèque de féminité n'ayant originairement été que celle d'un dieu solaire, c'est-à-dire cote très négligeable.

Loin de se réduire aux contingences du sexe et aux rythmes de la fécondité, la féminité du tigre est avant tout une féminité cosmique. Signe négatif sans lequel il ne saurait y avoir de signe positif, elle est donc créative de par sa négation même, rejoignant ainsi la notion attachée aux cultes primitifs de toute divinité féminine. (Le motif des rayures du tigre, positif-négatif, pourrait aussi être interprété dans son ambivalence comme une clé analogique.) Ainsi que dans la magie de tous ces cultes où l'acte destructeur équivaut toujours à un accroissement et à un renforcement de l'identité fondamentale, le tigre - le sphinx - a-t-il coutume, à l'encontre du lion, de tuer en dehors de toute intention alimentaire.

Je suis retourné hier au jardin zoologique. J'y vais souvent. L'odeur du tigre m'envahit comme une eau, âcre odeur de viande, de sang, d'aisselles.

C'était l'heure du repas : portes qui claquent, chariots roulant dans les couloirs dallés, heurts métalliques. Et dominateur, formidable, le rugissement des grands fauves, grondement volcanique, tonnerre souterrain, sifflement des laves millénaires, quand les mers étaient réduites en vapeurs.

Les flancs du tigre battent tandis qu'il arpente sa cage. Je respire son haleine brûlante, j'entends le bruit mat de ses pas. Le gardien arrive, un homme bleu qui fait tinter ses clés. Il ouvre la cage voisine de celle où rugit le tigre, il dépose dans cette cage vide la hanche et la cuisse d'un cheval. Il sort, referme, tourne la clé noire dans la serrure puis, du dehors, lève la herse séparant les deux cages.

L'intrusion, la nourriture font monter le rugissement en un déchirant *crescendo*. Enfin le tigre s'empare du quartier de viande, le traîne vers le fond, s'installe à plat ventre, moustaches hérissées, oreilles couchées, flaire la proie qu'il maintient de sa patte. D'un seul mouvement, la tête tourne sur son axe, se penche. Les babines se retroussent sur les crocs, éclair, crissement. Des fibres craquent au milieu d'un clappement mouillé, mâchouillis. Jaspée de graisse ocre, la hanche de cheval se soulève et retombe toujours sur le même rythme. Le tigre mastique, salive, gronde tout bas, les yeux mi-clos. L'os iliaque se dénude, apparaît blanc dans le rouge qui déjà se violace, ivoire d'où pendent des pampilles de chair, des muscles effrangés, des lambeaux de peau jaune, des veines rompues, gros macaronis vides et ronds. Il arrive que la dent dérape sur l'os, horrible friction, s'y acharne, racle, y passe et repasse comme la lame sur la pierre à fusil. Parfois le tigre s'étouffe, s'étrangle sur sa pitance qu'il regorge en un hoquet. Fin du repas royal.

En sortant, j'ai pu jeter un coup d'œil dans le réduit où j'avais été assis alors que le gardien appelait la voiture. Un homme bleu versait des potions vitaminées dans des récipients pleins d'eau. Toujours les sacs de sciure, les balais, le téléphone noir. Et au mur, un crochet où pend un trousseau de clés. La clé des cages est exactement semblable à celle de la prise d'eau dans le jardin de mes parents.

Chaque visage de tigre est un labyrinthe. Labyrinthe rond des jardins baroques aux voies abruptement coupées ou qui s'étrécissent jusqu'en une pointe extrême. J'y vois un manque d'issue : *Ausweglosigkeit*, c'est le mot. Un piège. Piège labyrinthique à l'image de mon âme, cheminements et retours, longues danses, feintes et repentirs, croisements des routes et sentiers secrets.

La perfection est de ce monde, me dis-je, considérant ce visage, le rythme des pieds qui se posent ou le corps aux formes lourdes et allongées, et jamais la nature n'a rien produit de plus sublime.

Dès que cette idée de sublime perfection se fut cristallisée en lui, Denis s'en défendit très maladroitement et les pensées qu'il tenta de s'imposer ne furent pas sans rappeler les gestes d'un homme qui se noie. Ayant tracé quelques lignes sur ce qu'il nommait un manque d'issue, il craignit secrètement de se voir bientôt confronté à quelque chose d'inévitable, encore qu'il ne sût en prévoir la nature exacte. Comme il avait toujours été honnête à sa façon - de cette maigre honnêteté puritaine -, il se disait que sous peine de ne plus l'être, il lui faudrait bien alors admettre ce qu'il eût préféré refuser. Le labyrinthe n'excluait pas le miroir.

Comme il avait toujours aimé écrire, il espéra se soustraire à l'image du tigre en travaillant chaque soir à un roman ou une nouvelle qu'il n'avait d'ailleurs pas l'ambition de faire publier. Sans compter qu'il était plus difficile de refermer un cahier qu'un livre.

Il avait hérité la bibliothèque familiale, c'est-à-dire beaucoup de livres de voyage, de vieux traités de navigation, de physique et de mathématiques, de philosophie et de théologie. Pas de romans. Pas d'œuvres théâtrales ni lyriques non plus, surtout rien qui sentît le jésuite. Il y avait ajouté quelques livres d'art et tout ce que ces derniers temps il s'était procuré sur le tigre.

Pour mieux s'enfuir, fuir et se fuir, Denis commença donc, sans même savoir comme il la mènerait, l'histoire d'un homme qu'il nomma Mathieu et qu'il plaça au

XVIIIe siècle. Il écrivit quatre lignes puis retomba bien vite dans son journal intime.

Compagnon chez un maître graveur de la rue Saint-André-des-Arts, auquel appartenait la maison, Mathieu mangeait à sa table et logeait seul dans un galetas.

Secret, solitaire, le tigre fuit l'homme et les autres grands mammifères. Il n'attaque que blessé ou menacé. Les forêts marécageuses du Sunderban sont aujourd'hui le seul endroit de l'Inde et peut-être du monde où il tue l'homme pour le manger et dès qu'il a goûté sa chair, il devient *man-eater*. Quelle saveur, quel parfum a donc notre sang ? Quel vin délicieux est-ce donc ?

À Sumatra, j'eusse aimé apercevoir le tigre et ne fût-ce qu'un instant, Harimau, celui dont les paysans travaillant dans les rizières en bordure de la jungle, osent à peine prononcer le nom. Mais peut-être l'ai-je vu. Peut-être à l'heure où les bancs de brouillard s'appesantissent sur la clairière de Balelutu, roulent et se défont au-dessus du ruisseau qui descend vers l'Alas, quand sur l'opacité d'un fond laiteux, gris, les choses les plus proches se silhouettent avec des maigreurs d'estampes chinoises, peut-être alors est-il passé tout près de moi, entrant dans l'eau jusqu'au ventre, ressortant sur l'autre rive en un grand bruit que je ne sus pas déchiffrer.

Celui que je vais voir presque chaque jour est un tigre du Bengale, *panthera tigris bengalis. Shere Khan*... Harimau, le tigre de la Sonde, est plus petit, plus pâle aussi et ses rayures sont plus étroites, il est meilleur nageur et plus nerveux.

Protégé par décret gouvernemental, il hante les forêts de Sumatra, mais comme il décime les jeunes orangs-outans du Leuser encore plus rares que lui, on le trappe pour le transporter dans un autre district.

Ce jour-là, les chasseurs pawang qui souvent venaient prendre le thé au camp d'observation, s'offrirent à nous montrer le piège à tigre. Ils nous conduisirent dans une partie de la jungle que nous ne connaissions pas encore, bien qu'elle fût assez proche de la clairière. Le sol était si marécageux qu'on s'enlisait jusqu'à la cheville dans des cuvettes de boue où de grosses bulles gargouillaient avant de crever en sifflant leurs gaz. — *Awas ! Awas !...* Attention ! Attention !... Il fallait se suspendre à de basses branches, des lianes, escalader d'énormes troncs couverts de mousses et de fougères, se rétablir à la force du poignet. Succion de la boue. Craquement des branchages. Fuites d'insectes véloces. Brefs appels des hommes. Et soudain une hutte de bambou, haute et étriquée, verdie dans l'éternel crépuscule de la forêt. Les Pawang nous dirent l'avoir frottée d'herbes pour masquer l'odeur humaine. Ils nous démontrèrent le fonctionnement et à peine touchèrent-ils l'appât, que la corde à laquelle il était fixé déclencha la chute de la porte qui s'abattit d'un seul coup, dans un fracas de guillotine.

Cette nuit, éveillé par le bruit de la pluie, je me suis soulevé, appuyé contre le bois du lit, assis dans l'ombre et sans désir d'allumer. « L'Examen de Minuit. » J'ai voulu remonter aux sources de l'obsession, j'ai cherché les raisons faisant que nuit et jour la même pensée me domine, m'envoûte. Tout à coup, j'ai su que la réponse se trouvait dans un livre que je lis et que j'ai déjà lu jadis, un petit livre vert et fané. J'ai su avoir connu cette réponse avant même que se pose la question, avant même peut-être que le livre fût écrit, avant même de savoir lire, avant même d'être né. Confondante illustration des théories augustiniennes de la prédestination. Non sans ironie, vraiment...

On voit donc à quel point la pluralité et l'universalité du motif rendent impossible l'isolement d'un ingrédient précis et autonome sans entraîner à sa suite d'éléments complémentaires ou même contradictoires. Il est évident que selon l'équilibre pendulaire des systèmes cosmiques, Dionysos partage certains de ses attributs avec Thanatos. La métamorphose, l'abolition de la durée, la dissolution de la conscience individuelle leur sont communes. Les abîmes leur sont communs. Quant au tigre, son exotisme, lui conférant un caractère étranger aux normes, fait de lui un monstre sorti de l'Hadès. Ainsi le cercle se referme-t-il comme automatiquement, les symboles de la mort et de la fureur destructrice fusionnant dans ceux du principe nocturne, froid, humide, lunaire, négatif et féminin. Indépendamment des facteurs de temps et de lieu et en dehors de toute notion de mythologie classique, il semble que les mécanismes de l'inconscient aient toujours enregistré l'image du tigre en tant qu'imagé funèbre et que « la chevauchée sur le tigre » soit apparue spontanément dans l'univers mental de l'homme. Il paraît aussi que le rôle attribué au tigre dans certaines légendes asiatiques ne se différencie pas beaucoup de celui qu'assume le sphinx dans les mythologies helléniques ou hellénisantes. Ainsi par exemple un conte malais intitulé *Le Tigre et le Reflet*, le représente-t-il trompé par une ruse du cerf nain, du tragule, et se précipitant à l'eau pour s'y noyer. Tout comme le sphinx après la réponse d'Œdipe ! L'analogie, pour fortuite qu'elle puisse être, n'en est pas moins caractéristique, les symboles, expressions d'un désir universel de récognition des énergies cosmiques, ayant toujours manifesté leur mystérieuse parenté d'une civilisation à l'autre et souvent même d'un continent à l'autre. Il n'est d'ailleurs pas inutile de noter que le motif d'une entité diabolique - c'est-à-dire cosmique -, trompée par une simple créature, a servi de base à tout un florilège de fables médiévales ; on y voit le Diable finalement victime des ruses humaines, comme le sphinx vaincu par Œdipe ou comme le tigre bafoué par le tragule.

Il s'appelle Mogul, m'a dit le gardien. Ou plutôt on l'appelle ainsi, dans l'ignorance de son nom secret. J'ai voulu lui donner un nom connu de moi seul mais la crainte du sacrilège m'a retenu. Qu'il demeure donc innommé. Qu'il soit au-dessus des dates et des mots. Le tigre. Éternel. Informulé.

Donc, le visage du tigre.

Les oreilles couchées derrière la forte voussure du front.

Formidable paysage d'ocre et de Sienne brûlée, parcouru de longs signes noirs, raviné de sillons qu'un séisme - on entend les grondements volcaniques - rassemble sur les côtés du vaste nez qui frémit, sans que rien altère ni entame l'ineffable pureté de deux lacs d'ambre. Mais, parmi des douceurs et des rudesses de fruits marins, velus, rétractiles, coriaces, barbus de longues antennes blanches, l'approche des muqueuses, cuir des narines, orange, grenu, dont la ligne dessine comme une vertèbre. Plus bas, des vulves noires et mouillées, le cœur des coquillages. Irrégulières, les incisives sont d'une touchante nudité car le tigre découvre en un épouvantable sourire ce qu'il a de plus intime, de plus secret : l'os. Quelle impudeur mais aussi quel don ! - Stalactites, stalagmites où colle un vestige d'écume, grotte d'où semble la mer retirée, corail rose des gencives, corail roux, grumuleux, de la langue qui luit. Un menton hirsute s'arrondit, terminal comme quelque pendentif d'architecture, avant les déserts blonds du pelage.

Il faut faire quelque chose. Il le faut. Ce Mathieu sera la proie d'une incoercible obsession, d'une grande folie. Il sera contraint. Il glissera de plus en plus, comme sur une pente.

Je n'étais pas préparé à cette chose. Jusqu'ici, ma vie intime s'est déroulée dans une solitude glaciale, semblable au froid qui se concentre dans les gares. Je comprends encore moins la vanité que les vanités. Je suis un homme d'orgueil.

Je suppose que le tigre est entré dans ma vie à cause du grand vide qui s'y trouvait. J'ai toujours su que j'étais fait pour une passion violente car c'est un tort de croire que ces bouleversements de l'âme ne sont réservés qu'aux natures sensuelles. Si j'accorde peu à mes sens, c'est en vérité parce qu'ils ne réclament pas davantage et il s'agit moins d'une ascèse concertée que d'un penchant naturel. Si par exemple ma diète favorite se compose d'un bol de riz et d'un fruit, c'est simplement parce que je trouve la « bonne cuisine » pire que la mauvaise. Et je ressens la compagnie charnelle de la femme pis que celle de l'homme, celle de l'homme pire que la solitude. Là encore, mes besoins sont très faibles : les jeux secrets y suffisent, à l'abri de toute interférence inopportune qui viendrait troubler la chimère.

Un jour, je me rendis pourtant à un bordel clandestin de la rue Auber. C'était un appartement meublé en faux Louis XVI, avec des appliques de miroir gravé, des papiers pastel, des estampes de Moreau le Jeune. Atrocement déprimé déjà par ce décor chouchou, je vis entrer une fille que la maquerelle m'amenait sans que je l'eusse choisie. J'essayai vainement de repousser la gaupe, glacé par le sourire en dents de scie de ce visage d'iguane aux yeux roses qui, surmonté d'une chevelure de chaume travaillée en coques, oscillait sur un cou chercheur. Je m'efforçais de ne pas voir entre le torse étriqué et les cuisses chétives, un ventre sphérique, tendu, ignoble, un ballon plein d'œufs prêts à l'éclatement.

La fille m'avait investi comme s'il y eût été de sa vie. J'essayai de me dégager mais, en dehors de tout lucre déjà satisfait au demeurant, la créature s'acharna par pure malice à me retenir, iguane glouton s'agenouillant à mes pieds pour éveiller l'impossible désir. C'en était trop. Je me levai, repoussant la fille qui glissa sur les indicibles florages du tapis. J'ai oublié depuis quelles injures, quels anathèmes je proférai contre elle tout en me rajustant, mais sans doute lui firent-ils grand effet car elle recula, accroupie sur ses talons, feulant et soufflant.

Quelques années plus tard, ayant reconnu qui je suis - ou ce que je suis - je fis l'expérience de filles mûres et belles, établies à leur propre compte dans des studios d'Auteuil. Mais si leur arsenal - cordes et lanières - savait parfois m'émouvoir, la façon dont elles en usaient trahissait leur grossièreté d'âme et leur pauvreté d'imagination.

Pendant mon séjour en Allemagne, il m'arriva de demander à un ami dont je connaissais les goûts, de montrer envers moi quelque sévérité.

Il me regarda avec une inexprimable froideur :

— *Nein !...* Sans explication ni prétexte. Je me sentis rougir jusqu'aux cheveux. Avant de quitter la pièce, je regardai encore pour mieux m'en souvenir son visage empreint de méchanceté triomphante. C'était lui-même pourtant qu'il avait frustré car la joie que j'avais ressentie à mendier une faveur puis à essuyer un affront, dépassait sûrement de beaucoup celle qu'il avait éprouvée en m'humiliant.

Rectification complémentaire. Denis avait eu quelques rares maîtresses dont il n'avait jamais tardé à se défaire sans même daigner prétexter la lassitude. Il n'avait essayé les garçons que par curiosité, croyait-il. À quarante-trois ans, tout ceci reculait déjà pour lui dans un passé nébuleux. Il hésitait devant de nouvelles aventures, à cause peut-être d'une crainte inavouée mais tenace des maladies vénériennes, aussi restait-il chaste comme on reste sobre, par raison et par penchant, jusqu'au jour où le dégoût du sexe se fut fermement installé en lui. Quelquefois, il lui semblait que toute la ville ruisselait de sperme mêlé à des glaires féminines. Il n'osait plus toucher quoi que ce fût, évitait les loquets et les rampes, ganté, serré dans ses vêtements, écœuré à en mourir. Il s'étonnait de ces hommes et de ces femmes autour de lui qui portaient ostensiblement leur sexe comme s'il eût été le meilleur d'eux-mêmes. Et peut-être n'était-ce que le meilleur d'eux-mêmes...

S'il ne pensait que bien rarement à ses anciennes liaisons, il avait toutefois oublié celle qui l'avait le plus marqué. Cinda, une lesbienne anglaise aux yeux jaunes très écartés ; les cheveux roux, la bouche mince, la mâchoire large et brève à l'angle durement découpé et une façon qui n'était qu'à elle de tourner la tête sur l'axe du cou, lentement, en un seul mouvement souverain. Denis n'avait pas essayé d'obtenir ce qu'elle lui eût probablement refusé car si elle assaillait son imagination tout le long du jour, il ne concevait ni voie ni but, surpris seulement que tant de gens prétendissent l'amour indissociable de l'amour. Lui eût-on demandé ce qu'il attendait de Cinda, qu'il eût été embarrassé peut-être ou du moins pris de court. Puis, un jour, elle l'avait quitté pour de bon. Denis avait effacé l'image en lui. Une image simple et complexe. Ils se faisaient face, debout sur le Waterloo Bridge et la lumière d'un réverbère, ou quelque lueur venant on ne savait d'où, tombait abruptement sur le visage de Cinda mais le front, les yeux jaunes, le nez plat demeuraient dans l'ombre du parapluie ruisselant. Seuls étaient visibles le menton court et la longue bouche mince qui remuait, découvrant parfois brièvement l'éclat mouillé des dents. Donc la bouche remuait, souple, agressive. Denis n'écoutait pas ce qu'elle disait, des cruautés, sans nul doute mais cela n'avait pas d'importance. Rien n'avait d'importance hormis cette bouche qu'il regardait, isolée dans le néant, sortie des ténèbres, autonome et divine, qui le condamnait sans appel avant de le dévorer.

Blanche ne mentait pas lorsqu'elle disait avoir une hostie qu'elle me montrerait un jour. L'authenticité du sacrilège éclatait dans ses yeux couleur d'absinthe cernés d'un bref trait mauve, elle se manifestait dans la pâleur de son visage, dans le pli de sa grosse bouche aux coins tombants. Et moi, je croyais voir l'hostie à travers le métal de la boîte, grise, racornie, ignoble.

Bien des années plus tard, un visage m'a rappelé celui de Blanche. C'était à Berlin, dans l'*U-Bahn.* Tard. Une famille d'ouvriers avec des enfants, rentrant de goguette. Les gamines effondrées sous la caresse glaciale du néon. Or, la plus petite, huit ans peut-être, ressemblait à Blanche. La couture de ses blue-jeans avait cédé à l'entrejambe, éclatement de deux centimètres à peu près, par lequel on voyait la blancheur du linge ou d'une doublure. Assise, cuisses écartées, la petite fille folâtrait avec sa sœur. Donc, cette couture était rompue. Ouverte. Crevée. Sur une minime longueur, l'intégrité était détruite, orifice imprévu, déchirure illicite. La ressemblance avec Blanche mais, d'autre part et bien contradictoirement, la candeur du linge entrevu me firent toutes deux penser à l'hostie.

Les torches d'huile de coco jetaient leur lumière sur le visage cuivré des chasseurs pawang. Quand les hommes se taisaient, on n'entendait que l'eau dégouttant des arbres et le crépitement du feu. Un Pawang alluma une *kretek* et commença :

— Il y avait une saline où se rendaient tous les animaux de la jungle, jusqu'au jour où ils n'osèrent plus y retourner parce qu'un tigre en profitait pour les guetter et tuer l'un d'eux chaque jour. Les animaux tinrent conseil. Le *kantjil* - le cerf nain - leur dit : — Frères, j'ai trouvé une ruse. Puis il alla vers le tigre et lui dit : — Harimau, pourquoi, au lieu d'aller chasser tous les jours, ne préfères-tu pas que je t'apporte ta proie ? Harimau trouva que c'était bien dit. Le lendemain, le *kantjil* revint et annonça qu'il n'avait rien pu rapporter de la chasse parce qu'un grand tigre, portant un *kantjil* sur son dos, lui barrait le chemin.

— Ma seule vue le fera fuir, dit Harimau, et il se mit en route avec le *kantjil* qui s'était posté sur son dos. Ils arrivèrent au fleuve et le *kantjil* s'exclama en montrant l'image du tigre dans l'eau : — Regarde ! Regarde ! Voici le grand tigre qui barre le chemin !... Alors le tigre se jeta dans le fleuve pour combattre son reflet et se noya sur-le-champ.

Compagnon chez un maître graveur de la rue Saint-André-des-Arts, auquel appartenait la maison, Mathieu mangeait à sa table et logeait seul dans un galetas.

Un matin de mars 1757, il avait été déposé dans le tour du faubourg Saint-Antoine, avait grandi à l'hospice jusqu'à son apprentissage, n'avait jamais changé de place et parlait peu. Il ne savait d'ailleurs guère à qui raconter ce qui l'agitait ni comment dépeindre ses sentiments. C'eût plutôt été de sensation qu'il eût fallu traiter. À trente ans mais depuis longtemps déjà, Mathieu se sentait glisser dans une spirale sans fin, glisser et glisser, tournant dans cette vertigineuse prison qui était lui-même, glissant et tournant sans savoir s'il s'agissait de montée ou de descente. Il savait seulement que ce supplice durerait aussi longtemps que lui, ignorant s'il continuerait d'être par-delà la mort et souffrirait toute l'éternité ou s'il tomberait enfin dans la paix, comme l'eau qui sort après un long chemin dans l'ombre des gouttières. S'il ne pouvait s'empêcher d'espérer le repos, encore eût-il voulu pouvoir le goûter consciemment, ce qui était une bien outrecuidante contradiction. Sans trop savoir pourquoi, il entrait quelquefois à l'aube dans les églises aux odeurs brunes de cave et d'encens pour s'y assoupir un peu dans la lueur des cierges. Mais elles ne lui apportaient qu'une morne torpeur, aussi cessa-t-il d'y aller dès qu'il se fut découvert une passion qui emplissait ses rêves.

Un jour, Blanche me rapporta la façon dont elle s'emparait de l'hostie recrachée dans ses mains où, simulant la ferveur, elle enfouissait le visage.

Elle ouvrit la boîte en fer et je vis une rondelle blafarde, racornie d'avoir été mouillée puis séchée. Blanche l'agaçait de la pointe d'une épingle. Je me mis à trembler. *Corpus Domini Nostri !...*

— Quand elle s'émiette trop, dit Blanche, je la jette dans les cabinets et je retourne en chercher une autre à la Sainte Table.

Elle prononçait « Sainte Table » avec une délectation perfide, dégustant les deux mots, les sentant sur sa langue comme elle y avait senti le Pain des Anges.

Elle piqua encore l'hostie, cracha dessus puis ajouta :

— Ce qu'il y a de bien, c'est que rien ne la fait mourir. Rien !

J'entends encore Blanche, je la vois encore ayant onze ans peut-être, maigre dans une robe ressemblant à un sac, chaussée de bas de coton gris et de grosses sandales. Ses yeux verts me transpercent de leur regard. Elle se détachera pour toujours et *in saecula saeculorum* devant le mur de brique et la retombée de lierre ombrageant la prise d'eau, la clé. Blanche est là, debout, tenant la boîte en fer de la main gauche, l'épingle de la main droite, dans ce jardin où tout était sombre et même jusqu'à la mielleuse senteur d'urine des sureaux en fleur.

Ce n'était pas seulement l'énormité de la profanation qui me révulsait l'estomac mais aussi la répugnance d'avoir vu Blanche cracher. J'ai toujours été très dégoûté - il m'est par exemple difficile de donner des poignées de main ou de saisir quoi que ce soit que d'autres ont touché - et je n'aime l'ordure que pour en entendre parler.

Blanche cracha encore et piqua encore. Tout dansait autour de moi. Le lierre, les sureaux tournoyaient, vertigineux. Je m'appuyai d'une main contre le mur, penché au-dessus des orties, tandis que mon repas tombait en lourdes gerbes sur le feuillage qui crépitait. Aveuglé de larmes et de glaires, je sentais Blanche qui derrière moi voltigeait comme une grosse phalène. Je me redressai, je tentai de faire quelques pas. J'étais parfaitement conscient même si mes genoux fléchissants refusaient de me porter. Je m'effondrai sur la hanche, le torse soutenu par mes deux mains où s'incrustait le gravier. Blanche criait : Denis est tombé ! Denis est tombé !... Elle tentait de me relever mais ses bras m'immobilisaient étrangement, je sentais entrer à travers ma chemise et jusque dans ma chair l'épingle dont elle avait tourmenté l'hostie et qu'elle tenait encore, tandis que replacée dans la poche, la boîte en fer pressait durement contre mes côtes. C'en était trop et, cette fois, je perdis connaissance pour de bon.

Alors que Denis passait devant chez Gibert, un livre de l'étalage attira son regard. C'était « *De l'Amour* ». Il l'acheta sur-le-champ et, une fois chez lui, le lut dans la cuisine comme une chose défendue.

Stendhal me déconcerte. « Ce phénomène... [la cristallisation]... vient de la nature qui nous commande d'avoir du plaisir et qui nous envoie le sang au cerveau, du sentiment que les plaisirs augmentent avec les perfections de l'objet aimé, et de l'idée elle est à moi. » Quant à la seconde cristallisation de la théorie stendhalienne, elle me semble d'une petitesse !... Espérance... Bonheur... Quel est le sens de tout cela ?

Pourquoi l'amour devrait-il toujours être la balle en laquelle on se change et lance contre un mur qui retentit, plutôt que le météore flamboyant, roulant dans les abîmes cosmiques, jeté par sa propre force, nourri de lui-même, sans écho ?

Amor, qui semper ardes et nunquam extingueris,
Accende me totum igne tuo...

Mais le tigre, qui comme le sphinx se jette à l'eau et comme lui s'anéantit en dévorant sa propre image, ne saurait disparaître d'une cosmogonie homogène ne pouvant elle-même souffrir ni apport ni retranchement. Le tigre - ou le sphinx - à l'instar du phénix qui renaît de ses cendres renaîtra de l'eau, élément féminin. Si cette résurrection demeure informulée c'est parce qu'elle est déjà tacitement impliquée dans les lois immuables du mythe, celui-ci devant pour remplir sa fonction, se soumettre inéluctablement à des conventions spécifiques. Ainsi, comme Dionysos auquel il se rattache et dans lequel tour à tour - c'est-à-dire en vérité simultanément, les rythmes chronologiques étant projetés dans les rythmes éternels - culminent les déchaînements des forces vitales et des puissances anéantissantes, le tigre est-il définitivement fixé dans son ambivalence.

On peut se demander jusqu'où Denis s'observe du fond des miroirs.

Pour le remercier de l'avoir aidé à rentrer son bois, un drapier du quartier de l'Abbaye invita Mathieu un dimanche au vide-bouteille qu'il avait près de Saint-Cyr. Tous deux partirent en carriole, dès le matin. Comme c'était le premier voyage de Mathieu, le drapier qui avait décidé de lui montrer le monde, annonça qu'ils allaient faire un détour jusqu'à Versailles pour aller voir manger le roi. Il s'ingénia à lui dépeindre toutes les splendeurs qu'ils pourraient contempler, le château, les gardes, la valetaille, le rite du grand couvert. Il lui parla très dévotement du roi qu'il trouvait d'un bel embonpoint, de la reine qu'il n'avait pas de termes pour décrire.

Louis XVI, qui jamais ne bâfrait plus volontiers qu'en public, était resté fidèle à la sale tradition du grand couvert qui chaque dimanche était dressé. La reine, qui n'aimait pas qu'on la vît manger, tâchait de s'y soustraire le plus possible, car pourvu qu'il fût coiffé d'un tricorne et muni d'une petite épée, chacun pouvait assister au repas royal. À la grille du château, des gaupes déguenillées louaient des accessoires, étalant sur des tréteaux toute une pouillerie de chapeaux déplumés et quelques rapières de fer blanc.

Dès l'arrivée, Mathieu fut comme assommé par le bruit, par la foule qui le bousculait. Craignant de perdre le drapier, il le tenait par un pan de son habit.

Coincé entre ses voisins, très mal placé derrière deux hommes de haute taille, Mathieu qui était petit ne vit que bien peu de la cérémonie. Il entendait vaguement marcher des officiers de bouche, remuer des plats et des flacons, il entendait aussi comme un murmure. Entre des coudes et des flancs, il apercevait, lointaine ainsi qu'au bout d'un désert ou de quelque esplanade désolée, une partie du cou de la reine.

Cerclé de quatre rangs de perles, ce cou qui paraissait long et fort, s'attachait à l'épaule nue sans qu'on vît ni muscles ni tendons, sans mollesse non plus mais avec une douceur ferme et glacée. Parfois le cou bougeait légèrement, entraînant dans son mouvement une grosse boucle poudrée de gris, dont l'ultime spirale se perdait dans une écume de dentelles. La lumière le touchait sur le devant d'un blanc bleuté et ourlait son extrême contour d'un fil d'argent tandis que, dans la pénombre de la chevelure, la peau s'animait d'un rose mat fonçant vers la nuque jusqu'à cette pourpre qu'on voit aux bruyères d'octobre.

Mathieu décida qu'il reviendrait et se placerait avec plus de bonheur.

Entre la pesanteur et le reflet, je suis incapable de discerner la réalité historique de Marie-Antoinette marchant, monstrueusement coiffée, sous un parasol minuscule, mais je sais très bien que si Mathieu - qui ne le peut pas - écrivait à son tour le roman ou le journal d'un homme composant lui-même l'histoire d'un autre personnage qui fût l'auteur du héros suivant, il n'y aurait pas de raison logique que la chaîne ne s'arrêtât jamais et l'image des miroirs pourrait se poursuivre alors jusque dans l'infini. Un obstacle pourtant : le tigre.

Lune double, pleine et miroitante bien qu'invisible, dans un paysage rocheux où circulent des brumes. À gauche, des feuilles veinées comme des mains et tendues jusqu'à la lisière du rayon d'ocre balayant le centre de l'image. Une lune double, pleine et miroitante capte justement sa coulée dans le visage du tigre couché, peint par George Stubbs. Chargée d'inquiétude débonnaire, la face s'inscrit presque dans un cercle, les oreilles rondes et immobiles sont anodines comme des pompons. Toutefois il y a de l'attente dans ce visage, une question a été posée. Aussi suffit-il de tourner le tableau de 90° à droite pour que soudain le tigre s'appuie des pattes contre quelque Œdipe - plus grand que lui certes, mais sans défense rejetant légèrement la tête pour le mieux scruter, la patte postérieure gauche touchant peut-être à peine le sol, la droite repliée, prête à la détente. La griffe n'est pas loin, on en devine la pointe nacrée, impitoyable, qui bientôt va jaillir jusque dans la chair nue. Car Œdipe ignore la réponse.

Et moi, le tigre me dessaisit de moi-même.

Depuis des années, chaque dimanche en toute saison, Mathieu gagnait dès le matin les messageries de la rue d'Enfer et prenait une place à dix sols dans le carabas, longue voiture d'osier qui faisait le trajet entre Paris et Versailles. Selon le temps, Mathieu arrivait crotté de pluie ou blanchi de poussière.

Dans le palais, le peuple se pressait en piétinant, le nez en l'air pour mieux voir les nudités des plafonds, ravalant ses boutades, intimidé par ces escaliers sonores comme des églises, ces vestibules de glaces et d'or moulu.

La famille royale déjeunait à une table en forme de fer à cheval dans l'espace libre de laquelle circulaient les écuyers et les échansons. En face, une foule muette, couleur de cendre et d'ardoise, contemplait stupidement la scène en humant des odeurs inconnues. Des yeux rougis dans des visages éteints, des yeux globuleux noyés d'eau, des yeux ouverts comme des huîtres, de minuscules yeux de braise, regardaient le roi engloutir bruyamment de grosses bouchées de gibier et cherchaient peut-être vainement, naïvement, à évaluer les surtouts de vermeil, les vaisselles de pâte tendre.

Louis XVI était encore plus gras et plus flasque qu'on le représentait et avec aussi quelque chose de mortellement défait. La reine, grasse également mais de l'embonpoint glacial des statues, ne ressemblait qu'à elle-même. Elle mangeait peu, buvait quelquefois une gorgée d'eau de Ville-d'Avray, essayant de ne pas perdre contenance sous les regards.

Mathieu était presque toujours au premier rang.

Denis, lisant l'histoire du prêtre Tzinacan qui condamné à mort par les Espagnols et attendant d'être dévoré par le jaguar, cherche encore le nom, la formule et la structure absolue de l'éternité, tomba sur cette phrase :

« Peut-être la formule était-elle écrite sur mon visage et étais-je moi-même le but de ma recherche. À ce moment, je me souvins que le jaguar était un des attributs de Dieu... » Et Tzinacan... « laissant ses jours l'oublier, étendu dans l'obscurité, déchiffra sur le pelage du fauve les ardents desseins de l'univers... ».

Denis ferma le recueil de Jorge Luis Borges et, regardant sa montre, se souvint qu'il devait sortir. Il entra dans la salle de bains. La table dans laquelle s'encastrait la cuvette ronde du lavabo était très encombrée. Il y avait beaucoup de médicaments prêts à être utilisés d'urgence, des huiles et des pâtes contre toutes les brûlures, les coupures, les ecchymoses pouvant survenir, un miroir grossissant, des pinces de divers calibres, l'énorme bouteille d'une eau de toilette à la fleur de tilleul, de l'ouate dans un bocal de cristal noir. Et, obscur talisman, un vieux coquillage rose tigré de bistre - *cypraea tigris* -, usé par le sable des mers, trouvé sur un rivage lointain.

Si l'irrelevance de la question posée à Œdipe condamnait le sphinx à l'aventure de sa destruction, une autre énigme appelait toutefois son renouveau et justifiait sa pérennité. Les mystères du principe cosmique féminin demeuraient entiers. Ceux du principe mâle aussi, d'ailleurs. Mais trompé par les analogies triviales, l'homme avait subjectivé dès l'origine les notions d'obscurité et de lumière, oubliant à quel point celle-ci peut être aveuglante. Diurne et craignant les ténèbres, il attribuait des valeurs illusoires et relatives aux mystères de la nature. Ces mystères, il les affronte pourtant, même quitte à réduire les grands principes abstraits à des images concrètes. Dans une incessante recherche existentielle, il tente depuis des siècles de découvrir son humaine signification à travers l'opacité des mythes, scrutant dans l'œil du tigre qui voit la nuit, le terrible miroir de ses propres ténèbres.

Je vois mon âme comme une grosse pouffiasse, veule, affaissée, puante. *Anima mea* emportée par des démons, escortée de proxénètes infernaux, d'un chat-tigre sous une ombrelle.

« Donde va mama ? » Goya fecit...

Ils étaient bien avisés ceux qui jadis partaient vers des contrées lointaines pour se guérir d'une passion, à moins que tout voyage ne soit que prétexte à s'en rapprocher par des voies obliques et même, fort intuitivement, à rejoindre celle dont nous n'avons pas encore reconnu la présence. Ainsi, larvaire sous les limons du cœur, la passion m'habitait-elle déjà lorsque sur le lac Toba, j'écoutais le matelot batak raconter l'histoire du rajah Situmorang, celui qu'on nommait Guru Babiat, le Maître du Tigre, un enchanteur de Samosir qui savait provoquer la tempête et, de ses mains nues, avait tué deux tigres qui l'attaquaient. Le matelot mimait cette scène légendaire, ses longs bras se fermaient en clés sur la nuque du tigre, ses longues mains se cambraient contre le poitrail tandis qu'il dansait face à cet ennemi pour lui seul visible, ce tigre furieux dessiné dans l'air. Je revois l'homme aux jarrets frémissants - un fils de cannibale, un crédule ami des fables -, vivant et dansant les contes du Guru Babiat, frappant le pont du pied, jetant parfois un cri bref et rauque lorsque s'intensifiait le combat.

Quant à moi, connaissant déjà les mœurs d'Harimau, je ne pouvais croire à ce corps-à-corps et même si j'eusse souhaité la victoire du tigre sur l'enchanteur. Je ne veux toutefois pas dire que si le tigre préfère la fuite, il hésiterait, captif entre des barreaux et des murs, à se jeter sur quiconque oserait pénétrer dans sa cage...

Mathieu s'étonnait de toutes ces sources en lui, lorsque s'éveillant il lui arrivait de découvrir son visage baigné de larmes, ses cuisses polluées de semence ou même seulement le fil de salive qui sourdait du coin de ses lèvres jusque sur la paillasse. Souvent aussi un sursaut l'arrachait brusquement au sommeil et il revenait à lui, glacé dans le linceul de sa sueur. C'était surtout les nuits où la lune blanchissait le carrelage de son galetas.

Quelle tristesse, quel dégoût s'emparaient déjà de moi avant même que je fusse possédé du tigre, apprenant que des misérables, souvent des maharajas, le guettaient près des cours d'eau et que chaque jour on traquait ce gibier facile à l'aide de projecteurs, du haut d'autos blindées ou de miradors.

Voulant tout connaître de celui qui occupe mes pensées, non seulement je lis mais aussi je note, je suppute, je ressasse toutes les données, depuis son poids jusqu'à sa probable longévité. Je pourrais aussi - et tout comme un peintre fait le portrait de son amour - décrire pour mon seul plaisir les techniques qu'il emploie pour trouver sa pitance, ses mœurs nuptiales, ses longues patrouilles. Ma vie n'y suffirait pas, qui suffit à peine aux visions qu'il m'impose. S'il n'apparaît que rarement dans mes rêves, il les habite et, dès la seconde où la conscience me ressaisit, je le retrouve invariablement présent. Pendant les heures passées à l'étude, dans la rue, dans ma bibliothèque, au cours de mes repas et jusque dans les sables mouvants du sommeil, je vis sous le regard de son œil jaune.

Seul le souvenir des saisons m'aide à déduire combien chroniques et coutumiers étaient les rites de Blanche. Il arrive qu'elle m'apparaisse, le visage pâli par l'ombre verte des sureaux en fleur, mais plus souvent lavée de gris dans la froide lumière d'octobre, à peine grandie, tenant entre deux doigts l'hostie d'un blanc terne et sali, portrait en grisaille encadré d'une guirlande de fleurs d'automne, lampions secs de l'alkékenge, roses orangées aux pétales roulés en cornets, écartelées déjà jusqu'à la mort, crassules d'un mauve impur, hortensias décolorés, asters blêmes devant les fusains, fond roux de briques gercées sur lequel passe un tuyau galvanisé, abruptement fermé d'un écusson de fonte où est fichée une clé noire. Et cette atmosphère contrainte des jours d'enfance qui ne nous quittait jamais, même pas - oh surtout pas ! - lors du sacrilège...

Je contemplais hier le ventre du tigre allongé, cette neige à reflets de miel, neige duveteuse et chaude comme un nid, lorsqu'il a soudain levé la tête. II m'a regardé : un homme sans éclat, debout devant le garde-fou qui empêche d'approcher des grilles, les mains serrant fortement la barre métallique. Je me suis noyé dans l'œil du tigre. J'ai d'abord posé mon regard sur le sien, je suis passé tout entier dans ce regard et vers cet œil qui devenait tache brillante, lueur d'herbe brûlée, écran où couraient des images, puis flaque, trou d'eau sans fond où je tombai, m'enfonçai comme une pierre, toujours, toujours, toujours, toujours...

Il y avait des instants où Denis, se penchant sur son étrange amour pour en déchiffrer le sens, n'y trouvait que l'ombre de son propre visage. Il s'accusait alors de n'aimer qu'un reflet de Narcisse déchiré, image brillante et torturée qu'il s'était créée de lui-même. Parfois aussi, il était tenté de croire ne pas plus aimer le tigre que si on lui eût pressé quelque philtre entre les dents, qu'on l'eût envoûté sans qu'il fût plus responsable du résultat que d'un réflexe rotulien. Il ne savait comment mettre fin à ces errances de l'âme car s'il entendait se garder d'une trop grande rigueur comme d'une inexactitude, il repoussait aussi l'indulgence comme une faiblesse. Il avait toujours craint d'user envers soi de quelque malhonnête complaisance, n'ayant jamais conçu que cette crainte fût précisément entachée de la pire d'entre elles : celle de la vertu.

Au moment précis où Mathieu se penchait pour ramasser un galet de marbre rose dont les veines dessinaient un rhombe allongé, aux angles extrêmement obtus, qui en renfermait un autre tout semblable mais plus petit et marqué à sa base d'une griffure minuscule, tandis qu'une protubérance brève mais aiguë apparaissait à son sommet, Choderlos de Laclos écrivait dans sa Lettre CX de Valmont à Madame de Merteuil :

« ... et je ne sais pourquoi, il n'y a plus que les choses bizarres qui me plaisent. »

Ramassant le galet, Mathieu ne savait pourquoi il faisait ce geste ni ce qu'il allait découvrir. Il ne découvrit rien. Seulement, le dessin que formaient les veines minérales lui parut à la fois étrange et familier. Il lui semblait le connaître depuis toujours et, sans qu'il sût pourquoi, ce dessin lui inspirait à la fois de l'attraction et de l'horreur. Aussi, comme il ne voulait ni s'en séparer ni le revoir, le cacha-t-il sous une ardoise de son galetas.

Une idée singulière m'est venue. Le tigre me reconnaît-il ? Voit-il en moi un individu ? Mon aspect, mon odeur lui sont-ils agréables ?

Le *linsang* qui bondit, roux dans la lueur des phares, abdique soudain toute identité, précis et secondaire comme le figurant qui s'éloigne sur la scène tournante. Réel, plastique, éclairé *a giorno* sur le fond émeraude de la jungle nocturne, il cède la place au tigre qui ne nous apparut pas.

Bien qu'ayant reconnu la présence éphémère du *linsang*, je la biffe, l'exilant dans le néant du même geste que j'en extrais le tigre. Ainsi c'est donc Harimau qui croise la piste, sortant inopinément de la falaise qui à droite s'élève d'un seul jet, fouetté par les fougères géantes. La pluie fonce son pelage jusqu'au brun, le lui colle aux flancs comme une seconde peau. Il semblerait plus mince, plus aigu, ne seraient-ce la vastitude du poitrail, la courbe magistrale du front. D'un bond, il retombe affermi sur ses quatre pattes rassemblées, en plein milieu de la piste dont chaque caillou, jaune sous la lumière, s'ourle d'une petite ombre dure. Les freins hurlent. Furieux, l'œil se vide en un instant de son regard dans une incandescence de phosphore, la gueule s'ouvre sur un feulement d'eau réduite en vapeur. Un frisson joue sous la robe, secoue les paquets de muscles et déjà, long, bas, le serpent de la queue glissant à sa suite, Harimau disparaît dans un grand éclaboussement de verdure, plonge, se dissout, se confond avec les feuillages ruisselants du ravin dont la pente raide tombe vers le fleuve nocturne, son terrain de chasse et d'amour.

Quelquefois Mathieu descendait vers les berges de la Seine où les riverains empilaient leur bois contre les murs du quai. Là, dans l'ombre épaisse des bûchers qui abritaient tout un peuple d'araignées rouges aux toiles gluantes, les putes attendaient le chaland et l'on n'apercevait d'elles tout d'abord que la blancheur des linges relevés.

Quand d'une main rude et experte, les filles de la nuit attiraient son membre vers leur ventre moite dont l'odeur montait vers lui comme une buée, Mathieu se dégageait dans un sursaut d'effroi. Mais trop engagé dans les délices pour abandonner l'entreprise, il retournait brusquement la bête à plaisir qui grognait pour la forme, leurs deux visages tournés vers le bûcher aux araignées.

Un soir d'hiver, il découvrit parmi les filles Babette, un garçon travesti dont les jupes sentaient la cannelle car il logeait chez un confiseur. Mathieu prit vite l'habitude de Babette qui jamais ne lui inspirait d'angoisse et lui faisait goûter des voluptés très vives. Toutefois, il ne pouvait s'empêcher de regretter en elle l'absence de ce qui l'épouvantait si fort.

Un jour Babette disparut sans que Mathieu pût savoir ce qu'elle était devenue. Il en eut du chagrin mais ne renouvela pas l'expérience malgré les beaux yeux des enfants italiens qui portaient le café à domicile dans les maisons du quartier de Buci.

Naturellement, il y a plusieurs tigres au jardin zoologique mais celui dont je parle représente tous les autres. Il est le tigre.

L'œil est petit, fardé d'un dessin charbonneux souligné d'une étrange raie blanche, abrupte, elle-même chenillée à sa base d'une marque noire et floue, effilochée vers la ligne oblique qui rejoint l'arc de la paupière supérieure. La pupille est rétrécie, l'iris du même orangé que le front, que le velours rêche du nez busqué. Et, tout autour du visage, des lignes courbes se poursuivent, concentriques comme sur l'eau, comme autour d'une face apparaissant sous l'eau, une face engloutie sous les eaux et les lignes surgissent et tremblent avec des vibrations de gong.

Dans un halo de brume et de moustiques, à brasses lentes, Harimau descend le cours du fleuve nocturne, disparaissant dans l'ombre que jettent les arbres de la rive, reparaissant dans la coulée blanche de la lune. Je ne sais si je l'ai vu, si je l'ai inventé quand, sortant de l'Alas River, il s'ébroue dans une nébuleuse adamantine, abandonnant les empreintes de ses pieds dans le sable du rivage, pivoines épanouies.

Plus d'une fois, Denis, bien aveuglément, crut pouvoir échapper à l'holocauste, courant aveuglément dans le dédale d'un temple où il était guetté de toute part. Peut-être lui eût-il suffi pour se détromper d'accorder un peu plus d'attention à ces spasmes d'entrailles, à ces bouleversements viscéraux qui le saisissaient dès qu'il approchait le tigre et qui, prémoniteurs, n'étaient que ceux de l'épouvante.

La reine était coiffée « à la Reine » selon Léonard, les cheveux poudrés parcourus d'un cordon de perles, d'opales et d'hématites, piqués de panaches d'autruche grise. Elle était vêtue d'une circassienne de moire tourterelle soutachée d'argent et relevée de cordons d'opales. Elle avait ce jour-là des bracelets et des sautoirs de perles.

La reine mangeait à petites bouchées une truite du Rhin en croûte. De temps en temps, elle buvait une gorgée d'eau glacée.

Les hardes du peuple assistant au grand couvert fumaient car la pluie, qui dehors tombait à flots, les avait trempées et il faisait chaud dans la salle.

Mathieu regardait manger la reine. Il percevait le bruit des dents royales, dur bruit de mécanique qui se mêlant à celui de la pluie sur les vitres s'amplifiait toujours et toujours, déferlait jusqu'aux voûtes pour finalement emplir Mathieu comme d'un cri d'ouragan. Nul autre son ne lui parvenait plus que ces formidables rythmes de mâchoires, broyant et grinçant avec une puissance de meules, hurlant comme la tempête. Il lui semblait aussi que la reine avait encore grandi car elle lui paraissait chaque fois plus haute lorsqu'il la revoyait. Alors sa coiffure touchait les lustres et tous ceux qui l'entouraient faisaient figure de nains. Ces jours-là, Mathieu ne pouvait détacher le regard de cette tête poudrée, de ces étincelants yeux minéraux dont l'éclat le transperçait comme un dard.

Il revint péniblement à lui quand il sentit que son voisin lui touchait le coude.

Mathieu est aussi seul que moi. Seul et solitaire. Si je n'éprouve nul désir, nul besoin de me confier à qui que ce soit, si je ne sais quel élan serait digne d'échange, c'est que je connais trop bien la paroi cristalline derrière laquelle les amis gesticulent, je connais trop bien les dialogues de sourds. Les rares fois où j'ai tenté la communication, j'ai cru remarquer qu'on me considérait avec méfiance, peut-être même avec répulsion. Personne n'a trouvé les mots qu'il fallait et moi moins que tout autre car, vulnérable, je crains de fournir quelques terribles armes.

Aussi Mathieu sera-t-il pareil à moi, rejeté, rejeté, rejeté comme l'algue rejetée par la mer. Voici donc l'homme réduit à lui-même, abstrait du monde social en dépit des quelques apparentes concessions qu'il lui fait. Cas anachronique s'il en est. L'absolu est anachronique, éternel.

Il est possible que cette manière de représenter l'homme découle d'un manque d'imagination, d'une sécheresse. Et pourtant chaque chose en moi n'est-elle pas reçue, transposée, projetée, magnifiée ?

Par exemple, l'autre nuit alors que je pensais au tigre, j'ai soudain nettement vu passer sa silhouette sur le mur de ma chambre, la tête un peu baissée, la queue dans le prolongement de l'échine, la patte lourde et souple. Un grand félin d'ombre bistre sur le mur lavé de clarté par la lueur venant du réverbère. Peut-être n'était-ce qu'un chat se promenant sur la corniche. Peut-être non...

Le gardien voyait d'un mauvais œil ce visiteur obstiné dont le regard s'attachait fixement au tigre. Le fait qu'un jour il se fût évanoui, augmentait sa méfiance, le confirmait dans l'idée que des émotions extrêmes se développaient dans cet homme et qu'il était la proie de monstrueuses sensations, à coup sûr illicites. Denis ne lui avait parlé qu'une seule fois, non sans une certaine réticence. Répondant à ses questions, le gardien lui avait dit que Mogul avait quatre ans, était né au zoo de New Delhi, avait été échangé à l'âge de vingt mois contre deux lynx de Chine. Il devina que le visiteur eût encore aimé poser d'autres questions mais s'en abstenait. Les premiers temps, la fréquence des visites de Denis lui semblait si suspecte qu'il ne manquait pas de surveiller discrètement l'homme qui restait là, immobile, les mains fermées sur la barre d'appui. Le gardien finit pourtant par se rassurer, se convaincre qu'il s'agissait d'un fou inoffensif. Un jour où leurs regards se croisèrent, il retrouva néanmoins dans celui de l'autre l'éclat sulfureux qu'un rival de jeunesse lui avait jadis lancé. Il en retira un sentiment de malaise.

Au soir d'un jour où Blanche avait affreusement profané l'hostie, où ses blasphèmes m'avaient été d'une intolérable cruauté, où j'avais cru que ses paroles et ses gestes allaient me faire éclater de douleur, je découvris mon linge taché d'une glu qui me déconcerta car j'en ignorais la provenance.

Je me souviens encore de l'après-midi de ce jour hivernal et je vois Blanche assise dans la véranda aux vitres ruisselantes de pluie, en face de moi, de l'autre côté de la table en rotin supportant notre goûter. Blanche était vêtue d'une robe brune, close au ras du cou. Entre le pouce et l'index de la main gauche, elle tenait trois hosties embrochées sur un cure-dent et me les montrait en riant. Je n'oublierai jamais - elle est inoubliable - l'atrocité des mots qu'elle prononçait alors.

Blanche se dépassait elle-même au fur et à mesure qu'augmentait son entendement et que s'enrichissait son vocabulaire, si bien que chaque nouvelle rencontre me touchait plus profondément.

Pâle, hagard, torturé, je dormais à peine, je ne mangeais plus. Je me jetais dans des macérations, des prières qui n'étaient pas de mon âge mais que mes parents voyaient d'ailleurs d'un fort bon œil. Je méditais pendant des heures sur les ordres religieux qui s'attachaient à réparer les outrages commis envers le saint sacrement, j'essayais de me représenter quelles mortifications on y pratiquait et cependant il me suffisait de voir arriver Blanche pour trembler d'une secrète ardeur. Mais tandis que le sacrilège m'emplissait d'une exaltation sans cesse croissante, la valeur de mes mortifications réparatrices s'éventait de plus en plus. Si dures fussent-elles à mon corps, elles m'apparaissaient toujours plus vaines, oui, j'en venais à me convaincre de leur profonde inanité. Puisque j'étais enseveli sous la monstrueuse somme du Mal et certes damné de toute Éternité, mon unique défense serait donc de rejeter cette damnation. Ce n'était pas si facile et mes rapports avec Blanche n'en furent nullement simplifiés.

Sur ces entrefaites - j'avais alors treize ans -, mon père mourut et nous quittâmes Nantes pour Paris. La vie m'y fut moins rude étant donné le caractère de ma mère mais le souvenir de Blanche ne cessa de me torturer même après que j'eus perdu la foi.

D'un vert de bronze sous le crépuscule éternel des forêts, tournant à la perle parmi les neiges sibériennes, orange dans les herbes brûlées et les sables incandescents, jusqu'à l'ivoire inopiné des grands tigres aux yeux bleus qui vivent dans l'ancien palais déserté de Rewa. Songe : une salle dont battent les portes. Le trône est tombé en poussière, les rosettes de nacre des lambris s'effritent en une chaux, des plantes aux racines torses, aux larges feuilles, entrent par les fenêtres avec la lune. Et soudain l'ombre noire du tigre blanc, l'ombre noire sur le blanc de la lune, l'ombre qui devient d'argent sous le rayon qui maintenant la prend de face, l'ombre qui acquiert densité et volume, neigeuse dans la nuit de la salle où elle est entrée...

Arrivant à Versailles, Mathieu entendit raconter que la reine passerait tout l'été au château de la Muette et ne paraîtrait pas au grand couvert pendant plusieurs semaines. D'abord, parce qu'il était lent, il refusa d'avoir bien compris et s'achemina avec les autres vers la salle où dînait le roi ; mais lorsqu'il ne vit pas la reine à sa place habituelle, il en ressentit un immense dépit et la pensée qu'il serait privé d'elle pendant une longue suite de dimanches lui fut insupportable. Il se sentit comme un enfant perdu, un chien sans maître, se demanda ce qu'il allait devenir sans la fourchette piquant la viande, la main - main grasse et effilée dont la peau transparente tirait sur le mauve - levant la fourchette vers la bouche, la bouche - bouche maussade et pourpre dont la lèvre inférieure avançait toujours - s'ouvrant sur la viande pour la manger. C'était tout ce qui comptait dans sa misérable vie, sa seule et violente passion, bien qu'au spectacle de la reine ses pensées et ses sentiments fussent en opposition les uns aux autres. Car s'il aimait voir manger la reine, il souhaitait dans le même temps qu'une chose énorme et monstrueuse vînt troubler le cérémonial de son repas.

Comme ce dimanche-là Mathieu n'avait pas l'argent du retour, il entreprit de regagner Paris à pied. C'était un jour de canicule où l'air tremblait autour des arbres empoussiérés et des pierres chauffées à blanc. Mathieu se mit en marche, patient, comme aveugle, plaçant une jambe devant l'autre sans penser à rien, suant dans ses gros vêtements de laine. Bien que, plusieurs fois déjà, il eût dû couvrir la traite à pied, il lui semblait ce jour-là marcher depuis toujours et qu'il marcherait sans fin, comme depuis toujours et jusque dans les siècles des siècles il glissait dans une spirale étanche. Il en vint à se demander un instant si cette marche sous un astre de feu n'était pas le chemin d'un nouvel enfer mais rejeta cette pensée, l'expérience et la raison lui disant qu'il arriverait bien avant la nuit.

À Grenelle, il s'arrêta au « Soleil d'Or » où le vin n'était pas cher. Baignée d'une buée rousse à relents de futaille, la salle regorgeait de buveurs : marchands ambulants, montreurs d'images, porteurs d'eau ou de cotrets, soldats, mendiants et mendiantes de tout poil.

Mathieu s'assit au bout d'un banc, à côté d'une sorte d'Hercule à collier de barbe, vêtu en femme et dont le sexe dressé pointait sous la robe rouge. Il faisait partie d'un groupe de bouchers, tous colossaux, l'œil injecté, saouls de bruit et de vin. Celui qui faisait face à Mathieu était le plus grand et le plus ivre de la bande. Il avait posé ses poings énormes comme des merlins près de son gobelet, sa chemise était débraillée sur un poitrail taurin où frisait une toison noire. Cet homme proférait des menaces contre la reine et l'accusait tout haut d'aimer les femmes. Faisant parfois le geste de compter sur ses doigts, il énumérait des noms que Mathieu n'avait jamais entendus, Lamballe, Polignac, Vigée-Lebrun, Rose Bertin... Ses compagnons, surtout l'homme à la robe rouge, approuvaient en hurlant, vomissaient eux aussi des obscénités, inventaient des supplices.

La chaleur, la faim et le tumulte enivraient Mathieu plus encore que son pichet de vin. Un voile descendait sur ses yeux. Ce qu'il entendait dire, et que d'ailleurs tout le peuple colportait depuis longtemps, ne lui semblait monstrueux que par la diction sacrilège. Il trouvait normal que la reine se passât du concours de l'homme, engendrant, dévorant, engendrant encore, par la seule vertu de son divin vouloir, ou même sans le vouloir peut-être, selon des lois aveugles comme celles qui commandent au rythme des marées.

Ce soir, dans le givre des vitres, la tête du tigre apparaissait distinctement, gravée sur argent, relevée d'arabesques de cristal filé, damasquinée de nacre blanche. Ses poils s'imprimaient dans la glace en myriades de hachures, la transparence des champs vides débouchait par ses yeux sur des paysages infinis, des lointains neigeux où se ramifiait le filigrane pulmonaire d'arbres gris dénudés. Des ombres outremer montaient des iris du tigre, ces brefs éclats d'azur qui apparaissent inopinément dans le feu de l'émeraude, tandis que, sur la noire limpidité de gel fondu que livrait la vitre, le nez se découpait avec une netteté minérale.

Or, ce visage d'herbe givrée semblait frémir. Diastoles et systoles d'un soleil agonisant lui prêtaient les cadences de quelque respiration. Centrifuges, irradiées autour de la prunelle, les ramilles s'allumaient par à-coups de ce rapide arc-en-ciel qui flambe sur le poil des chats et au biseau des miroirs. Mais tout le visage grésilla soudain d'une formidable effervescence quand j'approchai le mien de la fenêtre et, s'épanouissant d'un seul coup, il grandit jusqu'à combler la voûte céleste.

Je m'éveille d'une courte sieste, habité d'un bonheur ineffable, d'une plénitude qui semble préfigurer l'anéantissement. Quelque chose a changé. Je ne sais quoi. Le miel du soleil d'hiver et ce brun - gris très dur, qui est parfois la couleur de l'ombre - se partagent ma chambre au rythme des jalousies : obstacle et lumière, obstacle et lumière... Les murs, les meubles, le plafond même sont barrés de ces puissantes rayures. Soudain, je vois qu'elles me revêtent aussi, qu'elles me couvrent, me marquent, qu'elles investissent mon corps et je sais alors d'où me vient la félicité. *Fearful symmetry...*

Dans un jeu qu'il pratiquait souvent, Denis s'exerçait à quitter l'état de torpeur diffuse qui parfois enveloppait ses sens, à intensifier la conscience de son identité dans la saveur unique de l'instant. Cela ne s'effectuait qu'à grand effort, par couches successives mais non pas progressives, toute nouvelle montée ne faisant en partie que réparer ce qui se dégradait dans la précédente, tout nouveau sursaut - comparable à la vibrante percussion d'un coup de gong - se heurtant à quelque mystérieuse limite pour ensuite refluer.

Cette prise de possession de sa propre vie n'était ni sans douleur ni sans danger mais il s'y appliquait pourtant, ne fixant son attention sur ce qui l'entourait que pour mieux se convaincre qu'il voyait, qu'il vivait, *hic et nunc* et même si le délai lui était chichement mesuré. Il tentait de capter une réalité qui lui échappait, de situer la notion de matière dans la notion de durée - deux chimères - et surtout de se placer lui-même par rapport à l'univers. Il répétait cet exercice, le répétait encore, opiniâtre comme une vrille qui s'enfonce, comme une toupie tourbillonnant sur son axe. Naïve et vaine défense contre ce goût profond du néant, ce désir de sommeil qui étaient en lui.

Le 9 août 1788, les envoyés de Tipoo Sahib, Sultan de Mysore qui souhaitait l'assistance de Louis XVI pour refouler les Anglais hors de son territoire, arrivèrent à Versailles.

Après avoir passé la nuit au Grand Trianon, ils furent solennellement escortés jusqu'au château où le roi les accueillit. La monarchie brilla de son ultime éclat au cours des fêtes données en leur honneur.

Parmi les présents qu'envoyait le sultan, il y avait un tigre royal amaigri dont les yeux flamboyaient au fond d'une cage trop étroite.

Le soir du feu d'artifice sur le Grand Canal, la reine apparut vêtue d'une mante de velours feu relevé de chenille noire par-dessus une polonaise de faille crème.

Trois jours plus tard, on exposa le tigre dans la cour ovale. Les badauds riaient et lui faisaient les grimaces qu'ils font aux singes. Silencieux, glacé dans sa sueur, Mathieu se haussait sur la pointe des pieds pour mieux le voir.

J'aime assez la facétie des lois perspectives.

Ce matin, dans la vitrine d'un marchand de couleurs, rue Saint-André-des-Arts, un petit bonhomme en carton découpé, figurant dans une réclame, semblait livré au pouvoir du chat, tigre gigantesque. Je voyais le bonhomme de face, brandissant un tube de quelconque nettoyant - arme dérisoire bien que colossale et le tigre de dos. L'homme avait des yeux en billes, un costume rouge et bleu, un chapeau ridicule. Il tenait son tube à bout de bras et l'on devinait que le mécanisme de l'arme allait faillir, que le lance-flamme ou la fusée mortelle allait simplement émettre un couinement burlesque, une sorte de pet, faire gicler au plus un filet d'eau. Assis, le tigre contemplait le bonhomme. Il prenait tout son temps, à peine remuait-il le fin bout de sa queue. Le pelage était d'un brun clair, à moins qu'on ne puisse le qualifier de beige très foncé tirant un peu sur le gris, comme la terre sèche de l'été. Il était marqué de minces rayures noires pas trop régulières et qui, souvent interrompues à l'improviste, cessaient faute d'avoir été tracées jusqu'au bout. L'animal était un peu gras, largement campé sur le derrière. De temps à autre un frisson parcourait son échine et je supposais que ce frisson devait s'accompagner d'un jeu de physionomie bien éloquent car il me semblait que le bonhomme sursautait chaque fois.

Absorbé dans la contemplation, je ne sais combien de temps je restai devant la vitrine, attendant la catastrophe décisive mais, sans doute intriguée par mon manège, la marchande de couleurs apparut derrière la vitre, enleva le bonhomme-réclame et son tube, puis saisit d'un air méfiant le chat qu'elle serra ostensiblement sur sa poitrine. Elle accompagna ce geste possessif d'un regard lourd de menaces, comme pour me signifier qu'elle avait détecté en moi quelque dangereux voleur de chats, tandis que se retournant, le matou me présentait une face blanche et naïve au nez taché de noir.

Les deux terribles vieilles filles de la rue Dobrée sont mortes il y a plus de quinze ans, léguant à leur nièce la grande maison grise et le peu d'argent qu'elles avaient. J'appris que Blanche ne s'était jamais mariée. Je lui écrivis un jour une lettre ordurière à laquelle elle fut assez fine pour ne pas répondre, m'ôtant ainsi la certitude de la savoir lue.

À Paris, quelques années plus tard, une parente éloignée que je rencontrai par hasard me donna des nouvelles. Blanche, très retirée, semblait ne vivre qu'en la compagnie des anges. Sa piété était extrême et plus tournée vers les sommets de la vie intérieure que vers les œuvres de charité.

Ne participant presque jamais à celles-ci, Blanche s'enfermait dans le silence des saints et s'approchait fréquemment de la Sainte Table avec une visible ferveur.

Bien qu'éloigné de toute foi - mais j'entends encore Blanche se délectant au seul nom de la sainte table - je ne pus m'empêcher de frémir en apprenant ce détail. À cette époque, Blanche accapara plusieurs mois toutes mes pensées nocturnes. Je me la représentais adulte et vêtue en femme ou plutôt en dévote, mais sans pouvoir lui prêter un autre visage que celui de l'enfance. Toujours je voyais ses joues pâles à la peau opaque, sa grosse bouche aux coins tombants, ses yeux couleur d'absinthe relevés aux tempes. Je l'imaginais, les doigts crispés sur l'épingle, dans une pièce aux rideaux fermés, ou bien je l'entendais tirer la chaîne et regardais l'eau qui, tourbillonnant dans la cuvette, entraînait l'hostie et les excréments. Cette image-là surtout m'impressionnait très fort. Il y avait aussi une autre vision qui revenait sans cesse alors que je m'engageais sur le frêle pont d'herbe reliant la veille au sommeil. Elle avait déjà les nuances du rêve et son impitoyable précision.

L'hostie, couleur de chiffon sale mais grosse et spongieuse comme une lavette ou une balle crevée, reposait sur un sol argileux gorgé de pluie, où son ombre se dessinait avec la même dureté que celle jetée jadis par les cailloux du Leuser dans la lueur des phares. Ne voyant qu'elle et ne percevant rien de tout ce qui pouvait l'environner, je savais pourtant qu'elle était menacée par quelque invisible présence, qu'un être d'une sauvagerie et d'une puissance inouïes allait s'en saisir pour la déchirer. Cette certitude me causait une douleur lancinante, intolérable même, bien que non exempte de volupté. J'en vins à me demander si c'était la douleur ou si c'était la volupté qui la rendait intolérable, sans que je pusse jamais résoudre cette question.

J'étais par contre absolument certain de l'identité existant entre l'hostie, monstrueuse, solitaire dans la lumière dure, et ma propre personne. Il me semblait quelquefois pressentir que cette identité renfermait la clé suprême et définitive de toutes les angoisses qui m'agitaient.

Mathieu rêva que Marie-Antoinette se tenait debout à quelques pas de lui. Elle était coiffée d'un bonnet de harengère et proférait de furieuses imprécations qu'il ne pouvait entendre mais dont il déchiffrait l'horreur par les contorsions hideuses de la bouche découvrant les dents, plus aiguës que celles d'un piège à loup. Les joues enflammées, la poitrine tendue, les yeux étincelants comme des plaques d'argent, la reine couvrait d'un torrent d'insultes inaudibles Mathieu qui, devant elle, campé sur ses jambes écartées et serrant son membre à pleines mains, éjaculait par saccades.

Il y avait des instants où Denis voyait sous une lumière blanche toute l'insanité de sa passion. Elle lui apparaissait alors comme l'absinthe, plante vivace et amère, mais il rejetait l'image qui lui semblait de mauvais aloi. L'idée fixe pourtant s'implantait en lui toujours davantage. Il recherchait sans même s'en apercevoir tous les objets de couleur orange, blanche ou noire. Il achetait des dessins, des photos, des *posters* représentant le tigre et les mettait au mur de sa chambre. Il découvrit une esquisse de Delacroix, beaucoup trop coûteuse pour lui mais qu'il acquit sur-le-champ. Cependant, au fond tous ces portraits le désappointaient car leur ressemblance ne cadrait pas avec une identité déterminée : celle du tigre. Denis entreprit alors de le photographier mais même les meilleures prises - qu'il regardait fixement pendant des heures - laissaient toujours une marge de déception. Il ne remarquait pas l'aspect maniaque et grotesque que prenait sa chambre et bientôt les images du tigre commencèrent à envahir le salon.

Je n'avais pu dormir de toute la nuit après que les Pawang nous eurent montré le piège à tigre. Immobile dans l'ombre et la touffeur traversées du vol des moustiques, j'imaginais Harimau prisonnier déjà, affolé dans l'étroitesse de la trappe. Cette nuit c'est la même pensée qui me torture. Dehors il pleut. Dans sa cage du jardin zoologique, entend-il le gargouillement des gouttières ? Le clapotis le long des toits éveille-t-il en lui l'image lointaine des eaux, des souvenirs de fraîcheur verte et sombre ? Les alluvions où le pied s'enfonce apparaissent-elles dans son âme, presque oubliées, indistinctes, venues à travers les chemins noirs de l'atavisme, héritées, perdues, retrouvées ?... La solitude a bien des visages. Celle du tigre n'est pas dans sa splendide insociabilité, elle ne réside pas dans l'impossibilité de rencontrer un autre tigre, d'entendre ou de jeter un feulement significatif. Solitaire dans la nature, il n'est pas délaissé. Mais ici, dans cette cellule de métal et de béton, aux heures nocturnes qui sont les heures vitales, seul près des barreaux et, pour tout horizon, le couloir dallé éclairé d'une veilleuse bleue. Abandon. *Verlassenheit*, voici le mot...

La pitié m'étreint, l'amour me soulève. Être seul, c'est être séparé de soi-même.

Denis aurait voulu, impossible entreprise, sauver le tigre de sa déréliction. Il gémissait de l'imaginer exilé comme sur une banquise, seul avec son ombre, mais puisait beaucoup de dilection dans ce chagrin.

Mathieu vit, exposée chez un marchand d'estampes de la rue Saint-André-des-Arts, une image qu'il contempla longuement sans pouvoir en déchiffrer le sens. C'était une œuvre en taille-douce du siècle précédent, dans le style des graveurs d'Amsterdam mais sans titre ni nom car le bas de la feuille avait été coupé.

Dans un paysage rocheux où jaillissaient des bouquets d'acanthe, sous un ciel lourd et tourmenté annonçant la nuit, une femme au corps épais à demi caché par des envols de draperies, marchait en brandissant une torche. L'étrangeté du décor, le clair-obscur oblique plurent énormément à Mathieu mais c'était surtout la femme qui le fascinait, son nez bref, sa puissante mâchoire, son œil largement fendu. Elle exerçait sur lui un charme inhumain et il n'en pouvait détacher son regard. Il ne se résolut à partir que lorsqu'il eut aperçu, entre deux estampes suspendues, le marchand qui, derrière la vitre, l'observait à la dérobée.

La nuit suivante, il rêva. Il vit la femme courir sur les toits, bondir entre les cheminées à la poursuite de quelque invisible proie. Elle roulait ses yeux couleur de perle dans un impitoyable visage opalin tout en agitant sa torche dont la fumée emplissait le ciel de nuées bleues et noires.

Transparence opaline, limpide opacité de la griffe alors qu'à l'extrême pointe, son volume va cesser de s'inscrire dans l'espace, qu'il cesse déjà. Jouet funèbre certes, mortelle marionnette au bout de son ligament, lame couleur de nacre liquéfiée mais prête à jaillir et combien plus compacte, plus charnelle que toute arme connue. Et trempée à la sève des palissandres, des dragonniers, des bois de rose et de violette, lorsque dressé parmi des lambrequins de lianes - rampant et armé et lampassé, formidable blason - Harimau l'aiguise contre leur écorce dans un grand rythme d'arrachement.

La dent, plus dense encore, moins subtile, avec des lourdeurs d'objet pétrifié au fond d'une source, une chose très ancienne, comme issue des sables et des limons. La dent prépare le sang qui passera dans l'autre sang, elle est la grande magicienne, initiatrice des suprêmes métamorphoses.

Hier soir, alors que je glissais déjà vers les plages du sommeil, un visage m'est apparu sortant à peine des ténèbres. C'était un visage féminin aux grands yeux d'argent pleurant des larmes de mercure qui roulaient sur ses joues de bronze noir. Cette face terrible s'est mise à parler un langage inconnu. Il s'agissait d'un oracle, de quelque message dont je ne pouvais saisir le sens. Les larmes s'en étaient allées dans toutes les directions, laissant des stries, des rayures et, soudain, tout le visage est passé au négatif, tournant à l'argent doré où couraient de sombres sillages. La bouche s'allongea, mince, s'infléchissant vers le bas, tandis que le nez s'aplatissait, triangulaire entre deux traces plus noires descendant du larmier et comme humides encore. Relevé vers la tempe, l'œil, noisette verte, brillait d'un feu intense, plein de tristesse et d'inquiétude. Sa pupille formait un miroir bombé comme ceux où les maniéristes de la Renaissance aimaient prendre au piège de l'optique des chambres idéales, des portraits savants. Et dans ce miroir, je voyais mon image reflétée, je me voyais, me voyais seul au centre d'une pièce carrelée où tombait une lumière dure et oblique. À gauche, une sorte de couloir s'amorçait, concave eut-on dit, où parallèles se cintraient des lignes verticales derrière lesquelles je devinais une vague agitation de figures secondaires, curieuses peut-être de ce qui se préparait.

J'avançais, c'était bien moi, tête nue, vêtu d'un manteau de pluie sur un costume sombre. Mon visage était très calme, je le voyais distinctement et il me sembla soudain pur comme un sable lavé par la mer. Je tenais la main droite enfouie dans la poche de mon imperméable, refermée sur un objet qui pouvait être une clé. Je marchais vers mon but, je me voyais approcher dans le miroir bombé. Pour la première fois de ma vie, je me sentais vraiment léger, vraiment heureux...

Un jour, face à Blanche, je me demandai ce que l'hostie pouvait ressentir, divine mais certes humaine, je tentai d'imaginer l'inimaginable, de hausser jusqu'à des sommets d'apocalypse une main de petite fille. Une main osseuse de petite fille, chaque jointure froncée d'une moue comme le plissement d'un orifice, les ongles courts - rongés peut-être - et chargés de résidus secrets, grisaillés de boues mystérieuses, la paume dure et brûlante - marquée de quels chemins futurs, de quels sillons ? -, le dos où serpente le réseau du sang enfermé dans sa gangue d'azur. La main de Blanche, toute chargée de sa vie, de son être, de son vouloir. Et l'hostie, livrée et sentant sur soi - par quels indicibles media, par quelle divine intuition ? - l'épiderme de

Blanche. Mais ce ne sont que fantasmes, ce ne furent que fantasmes des jours d'enfance...

— Regarde, Denis ! Regarde donc ! criait-elle, perçant l'hostie en ahanant comme un bourreau. Et moi, les genoux tremblants, le visage inondé de larmes : — Non ! Non !... mais regardant de tout mon être, écoutant rouler le torrent d'ordures. J'attendais un grand miracle, comme d'entendre gémir l'hostie ou de voir un ange vengeur fondre du ciel.

Lorsque plus tard j'ai lu dans *Justine* qu'au cours d'une messe noire, le moine Ambroise, dès que l'hostie était devenue le corps du Christ, s'en saisissait et *in anum filiae immitit*, ou dans *Juliette*, qu'en des circonstances analogues, à Saint-Pierre de Rome, *hostia in pene papae posita postea ano filiae inseritur*, j'ai regretté pour Blanche, que devenue adulte, elle n'eût pas trouvé de compagnons dignes d'elle.

Denis tandis qu'il se rasait se souvint inopinément de la statuette trouvée dans l'île de Chypre et représentant une Vénus barbue ayant la tournure d'un homme mais portant des vêtements féminins. Sans qu'il sût pourquoi cette pensée lui fut délicieuse mais, à peine en eût-il pris conscience, qu'il se reprocha - trop mollement du reste - de ne pas opposer un contrôle assez rigoureux à certaines voluptés équivoques de l'esprit.

Je ne pense pas qu'une victime puisse plus voluptueusement se sacrifier à la divinité que dans la seconde même où sa nuque craque, broyée par l'ivoire des crocs, où la vie s'échappant d'elle, l'hostie connaît encore pour un bref instant la chaleur moelleuse du pelage qui l'enlace, le poids et l'élasticité des muscles qui l'abattent, la formidable odeur de musc et de chair rouge qui lui ravit le souffle. La lune reprend alors son bien, elle avale sa proie pour la rejeter dans combien de millénaires ?

Mais l'ineffable instant du sacrifice...

Bien qu'il eût ce jour-là senti son cœur comme traversé d'une flèche - et toute autre image serait inexacte - à l'instant où son regard touchait celui du tigre, Denis ressentit en le quittant comme un soulagement secret. Il rentra chez lui par les quais, marchant vite, étonné d'une subite allégresse, se réjouissant stupidement de cette marche le long du fleuve ensoleillé. Il savait certes n'être quitte ni de sa passion ni de sa souffrance et qu'elles reviendraient, lancinantes, impitoyables, mais se disait aussi qu'elles finiraient bien un jour par s'érailler et floconner jusqu'à l'inconsistance. Il essayait, sans pourtant trop y croire, d'imaginer cette paix future dont il ignorait si elle était proche ou lointaine, se la représentant comme la sensation de vide et de légèreté laissée par la fièvre qui s'éloigne à l'aube.

Mais avant même que tombe la nuit, il se sentit plus piégé que jamais. La fin qu'il entrevoyait était bien différente de l'image qui avait bercé son après-midi.

Action dissolvante du regard. Je veux parler de ce phénomène destructeur qui ronge progressivement ce à quoi nous nous attachons et qui, d'observation en analyse, de méditation en contemplation, finit par l'anéantir. Porté par le rayon du regard, sinon même par la pensée, un mal mystérieux corrode et consume la substance de l'objet aimé.

Oh, comme je ne veux pas cela ! Mais n'a-t-on pas toujours un prétexte à sa portée, ne serait-ce que celui de vouloir au moins connaître la couleur et la forme d'un but délibérément choisi, d'une finalité même provisoire et relative ? Pourtant, toute excuse rejetée, cette agression sacrilège de mon propre regard qui, quêteur, attentif, aspire goulûment l'image de son adoration, ne me laisse aucun répit. Il faut en tirer les conséquences, aussi vais-je m'astreindre à n'aller voir le tigre qu'une ou deux fois par semaine, sacrifice qui me déchire et me ravit. Car les divinités mêmes sont mortelles...

De profil, cette fois.

Blond et plat dans les couleurs glacées que Takeochi Seiho lui a données. Ah, presque sans densité sous la molle retombée de ses favoris brumeux - paradisiers, jupes. L'œil, triangle aigu, sa ligne inférieure suivant d'un seul jet la courbe sublime du nez busqué comme un chanfrein, finalement estompée dans l'ardeur moelleuse des babines que les moustaches venant tout juste de frémir ont ponctué d'ébouriffures. Et, sur la tempe, une nuance comme d'iris.

Voici donc l'image devant laquelle je me sens plus fragile et plus nu qu'un œuf hardé.

Les badauds, venus assister au grand couvert, racontaient ce jour-là avoir aperçu à travers les grilles du parc enneigé la reine qui jouait à patiner, moins de deux heures avant le repas solennel. Un homme, totalement édenté et secoué d'un incessant tremblement nerveux, décrivait pour la centième fois qu'elle portait alors une houppelande et un manchon de fourrure claire qu'il croyait être de loup-cervier et qu'elle glissait sur la glace « avec la rapidité du Mal... ».

Elle apparut à la table royale, vêtue d'une grande robe couleur d'azur pâle, aux paniers brodés de fleurs de glace en perles de cristal et toute relevée de piquets de belladone. Poudrés d'argent, les cheveux de la reine étaient accommodés à l'Artémis et surmontés d'un croissant de diamants.

Mathieu, sortant de voir dîner la reine, s'aperçut qu'il avait encore beaucoup de temps avant le départ du carabas. Il s'engagea dans de petites rues peu fréquentées qu'il ne connaissait pas et, prenant dans sa poche un quignon de pain, il se mit à le manger tout en marchant.

Or, tandis qu'il mangeait, sa salive mêlée au pain, le pain devenait Mathieu et Mathieu devenait pain. C'était lui-même qu'il mâchait, sa propre chair, sa solitude, son cœur désespéré. Toutefois, d'être changé en pain, il se sentait plus léger, plus grand, immense même comme le ciel gris. Infini. Infini mais limité pourtant en ce pain qu'il mâchait et mâcherait dans les siècles des siècles.

La neige était douce aux pas, l'air tiède. Mathieu marchait dans une rue déserte, il marchait dans un désert. Passant près d'un pavillon, il remarqua que deux sphinx le regardaient, deux figures coiffées « à l'Enfant » et qui, de chaque côté du perron, crochaient leurs griffes sur le dé de la rampe. La neige avait posé son chabraque sur leur croupe, elle avait chenillé leur longue queue repliée contre le flanc.

Les sphinx dévisageaient Mathieu de leurs yeux livides pleins de sévérité et il croyait même voir l'arête mince, par laquelle le sculpteur avait indiqué les sourcils, se crisper nerveusement.

Tout à coup, Mathieu vit un morceau de pain dans la bouche de l'un des sphinx, les dents de marbre posées sur la croûte brune, prêtes à la broyer. Il ignorait comment ce pain y était venu, qui l'avait déposé dans la bouche dévoratrice, à quel holocauste on avait ainsi pourvu.

Je ne sais vers quelle issue la passion de Mathieu l'achemine, par quelles voies de la fatalité je vais le pousser comme un pion ou si je vais, dur caprice, lui offrir quelque chance de salut. Car on pourrait se poser bien des questions quant à la durée et à la conclusion de ces absurdes carrières, fixées d'avance dans les rythmes de la vie, grotesquement tracées sur le schéma des improbables éternités. Quelles sont les lois de l'inspiration, de l'expiration et celles, plus obscures encore, du souffle retenu ? – Et pourquoi même l'ivresse qui m'a saisi et si longtemps gardé devrait-elle persister jusqu'à ma fin ? Pourquoi cet amour, ce désir du don ?... Oh, ce désir-là me semble furieusement terrestre, il me rappelle les voies obliques qui mènent au sexe, les nobles élans visant le spasme final, la paix reconquise dans cette bave de limace. Pas d'amour sans but, pas de but sans possibilité d'accomplissement, chaque mort emboîtée dans l'autre à la façon des poupées gigognes, destruction masquée, approche à l'aveuglette vers les abîmes du néant. Mon penchant pour les symboles m'aura joué ce tour, une longue solitude m'aura dérangé. Il n'y avait pas de quoi s'affoler et tout est passé, je crois.

Je respire. Je m'examine. Si la pensée du tigre ne me cause plus ni joie ni peine, je me sens dépossédé comme auprès d'une source tarie. L'inquiétude qui si longtemps fut mienne et donnait sa saveur à chaque instant, s'effiloche en nuage.

Ce nouvel état a commencé bien inopinément lorsque pendant ma dernière visite au tigre, j'ai soudain senti que mon imagination avait jusque-là si richement moissonné toutes les sensations possibles, qu'il n'en restait plus d'autres. Plus guère d'autres. Qu'avais-je attendu ?... Rien en somme et c'était encore trop.

Jamais la vie ne m'a semblé si morne. Qui prétend donc que même éteints les astres envoient encore leur lumière ? - Mon vide est blanc et froid.

J'imagine que Blanche devait souvent se trouver prise de court et se faire faux bond à elle-même car il lui fallait sans cesse s'appliquer à varier et enrichir les sacrilèges, à toujours inventer de nouveaux outrages et de nouvelles tortures pour cette victime suprême qui, si elle ne pouvait lui échapper ou lui manquer un jour, ne lui présentait toutefois que le profil fuyant d'une incarnation par trop transposée. Un moment devait arriver où Blanche se désespérait de n'avoir que cette rondelle grisâtre sous la main, de ne pas rencontrer le regard ni voir couler les pleurs. Il y avait en tout cela quelque chose de monotone, de limité, relatif d'une part à la précarité des Saintes Espèces et, de l'autre, à la solitude de Blanche, à l'infirmité humaine.

Bien des fois, je me suis demandé si elle pensait à moi aussi souvent que je pensais à elle.

Denis passa tout l'été et le début de l'automne dans un calme qui ressemblait à la torpeur. Un soir même, il entreprit de libérer les murs de toutes les images de tigres, qu'il rangea au grenier, mélancoliquement, comme on referme un tiroir sur des lettres d'amour. Il ne se félicitait guère d'avoir retrouvé la paix du cœur, à laquelle depuis plusieurs mois déjà, - il ne s'était que trop attendu. C'était un chagrin gris qu'il éprouvait à devoir clore ce qui si longtemps, si brièvement, avait été le cœur de sa vie, à sentir son amour s'éloigner de lui comme la mer se retire d'un rivage, abandonnant pourtant quelques merveilles. Mais il y avait d'autres jours où la hargne le harcelait d'avoir ainsi passé sur lui-même sa propre envie de souffrir.

« Dans une tribu primitive de l'Inde, une femme vivant parmi les tigres, avait des dents................ entreprenait de le séduire.................... qu'elle mangeait, abandonnant aux tigres le reste du corps.................................. »

À peine ai-je lu le texte de source incertaine, trouvé dans un livre sans intérêt et ouvert par hasard sur les quais, que le soleil tourne au noir. Quelque chose éclate dans ma tête.

Je suis rentré chez moi en proie à une angoisse diffuse mais intolérable. Je ne parviens pas à détecter la source de mon trouble.

Tout recommence. Vainement je me suis demandé si changer de vie éloignerait le terrible visage. Je me suis même imaginé habitant la maisonnette du gardien dans quelque cimetière campagnard désaffecté dont je ferais mon jardin. J'imaginais déjà les feux follets des soirs d'été, courant entre les stèles lorsque la lune jette l'ombre de la grille sur un mur blanc. L'ombre des barreaux, oui, m'y voici encore...

Le tigre a un nouveau gardien, un homme jeune, sympathique, aux gestes calmes. Je le hais tout autant que si c'était quelque brute et je me demande si le tigre lui témoigne le bien-être de l'habitude et ne serait-ce qu'un regard d'ambre liquide... Je n'ose guère questionner l'homme, la jalousie brille comme un mercure.

Il y a aussi l'idée du public et de ses sales regards, une abomination, un sacrilège qui me donne la nausée. Je vois les faces congestionnées des gens du dimanche, gueules et yeux ouverts en une grotesque ordonnance, j'entends les voix, toujours ignobles, toujours incongrues. Mais c'est surtout au gardien que j'en veux, à l'élu qui balaie les déjections, apporte l'eau et la chair fraîche, fidèle détenteur de la clé.

Le tigre dormait, son dos tourné vers la grille. Il dormait comme dort un fleuve ou un mont, frissonnant à peine, perdu en ses échos profonds. Je croyais entendre son souffle, respiration de voûte céleste.

Je suis demeuré longtemps à contempler son sommeil. J'étais seul, connaissant les jours et les heures où le jardin est désert.

Mathieu apercevait souvent du côté des Grands Augustins une marchande de poires au four qu'il connaissait depuis des années et qui toujours demeurait semblable à elle-même. Dans sa jeunesse, elle avait assisté au supplice de Damiens et se plaisait encore à le raconter dans tous ses détails.

C'était en fin d'après-midi et demeuré seul dans l'atelier de gravure Mathieu servait la presse, lorsque levant les yeux, il aperçut à travers les carreaux de la fenêtre la vieille qui s'en allait en clopinant. Il pensa aux récits qu'elle faisait puis, évoquant ses propres voyages à Versailles et la tournure que prenaient les choses dans son esprit, se demanda un bref instant dans quelle mesure le supplice de Damiens pourrait lui servir de terrible leçon. Il allait très vite oublier s'être posé la question. Lorsque vint le dimanche suivant, Mathieu se vêtit avec un soin particulier et, s'étant muni d'un ....

Retrouvé au fond d'un tiroir le carnet dans lequel j'ai noté, il y a bien longtemps, ces mots de Saint Jean de la Croix :

« Ma voie est la fuite. »

Death-wish ....

Hier, rue La Boétie, je suis tombé en arrêt devant la vitrine de Révillon. Parmi les étoles et les capes de renard bleu, une immense peau de tigre couvrait à elle seule toute une estrade de présentation. Sous cette forme réduite - *pars pro toto* - le tigre avait donc attendu mon passage, à moins que ce ne fût moi qui, d'attente en espoir, eusse trouvé le chemin menant jusqu'à lui.

Jamais je n'avais rien vu de si beau que cette toison d'or et de neige, jamais dessin ne m'avait paru significatif à ce point, clé de toutes les énigmes. Ce pelage m'était destiné et c'était blotti parmi ses terribles douceurs que je devais me dissoudre, m'anéantir dans les larmes et dans la mort. C'était donc là que, comme le prêtre Tzinacan, j'allais trouver la réponse à toutes mes questions.

J'eus le courage de pousser la porte et, à la seconde où m'assaillait une vague de parfum, une fille, à cheveux platinés, serrée dans une minuscule robe noire, me demanda ce que je désirais, avec le sourire mécanique de la prostituée.

— Cette peau de tigre...
— Tigre du Bengale...
— J'aimerais l'acquérir...
— Oh, mais elle n'est pas à vendre, Monsieur. Elle fait partie des accessoires de décoration...

Je n'eus pas le courage d'insister, confus sous le regard de la vendeuse. Néanmoins l'arrogance qu'elle avait apportée à contrarier ma demande m'emplit soudain d'une ineffable félicité. Ce n'est pas *lui* qui doit être à moi, me dis-je en sortant du magasin, mais c'est moi qui dois *lui* appartenir. Ceci est un signe. Acheter la dépouille sacrée eût été le seul, l'unique irrémissible sacrilège, la monstrueuse substitution de l'objet au sujet. Quel sacrifice propitiatoire, quelle hostie fallait-il donc maintenant pour laver cette pensée ?

J'ai regagné mon domicile à pied, devinant vaguement autour de moi le fracas des voitures, l'éclat des lumières. Il me semblait que le tigre marchait à ma droite, je croyais sentir sa chaleur s'irradier vers moi et traverser mes vêtements. Je touchais à peine le sol.

Cette extase est passée, maintenant. Je suis très calme. L'histoire de Moberti, revêtant une peau de tigre afin de déchirer la Zanetti, me revient inopinément en mémoire pour me peiner. Non, que rien d'horrible ne vienne troubler mes pensées car l'holocauste triomphal doit avoir un visage simple et pur comme l'herbe ou la mousse.

J'ai fait un testament en faveur de Blanche.

Denis mit toutes ses affaires en ordre. Il passa une soirée entière à brûler des lettres et à en écrire d'autres. Ce que cette opération comportait de définitif lui serrait le cœur. Tandis que la joie énorme, l'effervescence, que lui causait sa décision, ne le cédaient en rien à une peur noire qui montait en lui comme une marée, lui noyait les tripes sans pardon.

Vers deux heures du matin, assis dans un grand fauteuil à oreilles, il tenta de résumer sa vie, de la caractériser, de lui donner une étiquette, de la captiver, minuscule dans sa main close, avec une cruauté d'oiseleur, une avidité de ladre. Tout était bien ainsi, se dit-il. Ma vie valait la peine d'être vécue, toute maigre qu'ait pu être l'expérience. Il le pensait sans conviction profonde, c'était superficiel comme une vieille leçon apprise par cœur. Au plus profond de son âme, s'ouvrait une fenêtre par laquelle il devinait une route blanche et vide, une plaine informe qui étaient le paysage de sa vie. Maintenant, sa seule raison d'être, son unique valeur, son unique liberté avaient fui vers l'acte qu'il allait commettre. Vers le seul rachat.

À l'aube, il prit un peu de thé qui l'apaisa. Et soudain, seule la joie lui resta comme avant le départ pour quelque contrée lointaine, pour un long voyage. Il se sentit si gai, qu'il voulut encore ajouter quelques lignes au journal qu'il avait tenu.

Lundi matin et il pleut, c'est-à-dire qu'il n'y a personne au jardin. Je vois tout d'avance, je connais déjà toutes les séquences du film.

Les gardiens qui ne sont pas occupés à l'entretien sont justement allés à l'économat chercher la pitance et les fournitures. Revenant des abattoirs, une camionnette bâchée de brun s'engage dans l'entrée réservée au service mais je sais que, par mesure d'hygiène, le lundi est le jour de jeûne hebdomadaire des grands fauves. Lavé par la pluie, le ciment est presque noir. Le sable boit l'eau en crépitant doucement. Approchant du bloc des fauves, j'aperçois de dos l'homme bleu qui s'en éloigne, poussant un chariot. Le débarras est ouvert. J'avais déjà remarqué ce gros réveil de cuisine dont le bruit m'emplit les oreilles. Il est tapageur mais exact. Je contrôle l'heure à ma montre, montre ponctuelle de puritain. En effet, neuf heures sept. Je suppose que vers neuf heures quinze, tout sera consommé. J'allonge la main vers le crochet de la cloison. La clé fait revivre une fois de plus - la dernière - l'image de Blanche debout près du mur de brique, le tuyau galvanisé de la prise d'eau. Oui, la même clé. Je sors du réduit après un bref regard au vieil appareil téléphonique, au combiné que l'homme bleu décrochera bientôt en bégayant d'émotion. Sale histoire pour lui. Je m'engage dans le couloir carrelé qui sent le désinfectant et la pisse. Curieuses, les petites hyènes, qui s'agitent chaque fois que je passe, me suivent des yeux. Une panthère se frotte aux barreaux. Un rêve me revient, lointain déjà comme ma vie :

Le tigre est assis de face. Tigre en Majesté. Il a été patient, depuis si longtemps que s'est noué ce lien qui nous unit. Et moi, sans bien savoir ce que j'attendais, j'aurai passé ma vie à attendre et attendre que quelque formidable événement vienne en bouleverser le cours. Je connais à présent l'issue de cette attente, le point précis où la destination rejoint la destinée. Oui, tout ceci aura duré bien longtemps.

Le tigre ne joue pas avec sa proie mais lui brise les vertèbres cervicales d'un seul coup. Jamais je n'avais vu une telle expression dans l'œil jaune, quelque chose comme une secrète tendresse. Il n'y aura pas de rejet, je le sens. J'avance vers la cage. Il n'y a plus d'autre issue que celle-ci. Retour aux sources. Car tout va se jouer ainsi, inéluctablement, exactement...

Denis ferma le cahier désormais inutile, alors qu'il était huit heures dix à sa montre. Il disposa les lettres préparées, bien en vue sur le bureau de sa chambre et sortit.

Comme Denis traversait la rue du Cardinal-Lemoine pour gagner la station de taxis, un cycliste qui roulait très vite le renversa. Malgré son coup de frein, le gros camion de boucher qui venait derrière continua sur sa lancée. Quand la police et l'ambulance arrivèrent, les camionneurs avaient déjà réussi à dégager le corps. Ils l'avaient recouvert d'une bâche d'où seule sortait une main, maigre, cireuse, ouverte comme pour saisir un fruit. La pluie qui tombait à flots sur la chaussée délayait le sang et la cervelle, les entraînait vers les ruisseaux et, par la nuit des cloaques, jusqu'aux fleuves, jusqu'aux océans noirs où, blanc, luit le gros œil de la lune.

CONSEIL PRATIQUE[1]

1. Toutes les citations de cette postface sont extraites des œuvres de Gabrielle Wittkop, et plus particulièrement du texte « Conseil pratique », *in Almanach perpétuel des Harpies*, Patrice Thierry éditeur, 1995.

Ce qui vaut la peine d'être fait vaut la peine qu'on demande à quelqu'un de le faire.

AMBROSE BIERCE

À la mémoire de Magali

Il existe, à Frankfurt-am-Main, sur les vestiges désolés d'un parc autrefois glorieux, maintenant heureusement rendu à sa primitive sauvagerie, dans un immeuble aux entrées labyrinthiques, une porte vitrée, presque banale en sa transparence.

Si l'on entre et traverse une froide pièce dallée, vaguement égayée par un caoutchouc solitaire tout entouré de portes, si l'on franchit celle qui convient, on pénètre alors dans un tortueux dédale dont les parois recèlent mille accès identiques.

Derrière l'un d'eux, au cœur d'un sanctuaire rougeoyant, une bibliothèque obscure supporte une rangée de livres dont les dos demeurent dans l'ombre et qui, disparates, constituent une surprenante Encyclopédie. Une feuille collée sur la tablette porte ces mots :

Libri ignoti, a muliere scripti, inventi a me, Gabrielem Caputalbum.

On se gardera peu de se laisser fasciner par l'artifice, ces ouvrages appartenant à une harpie dont l'œil petit et jaune fendu en amande, dissimulé derrière une tenture que soulève une main griffue, guette l'effet de l'appeau. Et c'est rempli d'une douce appréhension, qu'on attendra le ravissement promis, certain d'être parvenu aussi loin par une clémence extraordinaire de la vieille tigresse qui loge en ces lieux.

L'œil écarquillé, le cœur battant sourdement aux accents de la lecture, on traversera un monde placé dès l'origine sous les auspices de la Mort, curieusement génitrice, « car la mort et la vie sont unies à jamais, indissociables comme l'eau mélangée au vin ».

Si cette première lampée nous agrée, confortablement installé dans un fauteuil tapissé de soie citron, on emboîtera, dans les rues de Bombay, les pas titubants de C. défiant sa propre mort ; on se glissera de cimetière en chambre funéraire, guidé par l'odeur de bombyx, sur les traces de Lucien N., nécrophile antiquaire que ne quittent jamais sans un soupir déchirant ses amants et maîtresses ; on survolera le *burg* au sommet duquel Idalia Dubb, à l'imprudente bottine, finit d'être becquetée par les corbeaux ; on jouira du plaisir incongru, lors de l'incendie du Bazar de la charité, d'un Ventre éclatant sous les coups de canne de la haine ; on guettera les signes avant-coureurs du poison sur un corps qui ne se doute encore de rien ; on frémira devant la tête violacée de Harry Nicholetts, par erreur exposée au Court House en lieu et place de celle du Rajah Blanc ; on rira avec Anne Le Floch des terribles ravages d'une nuée de harpies s'abattant sur l'école communale de Morgat ; on ne s'étonnera bientôt plus de voir « brusquement s'affaisser, en plein milieu de leur rôle, dans un fracas de mécanique, ces pantins » que nous avions eu la naïveté de croire réels.

D'un souple bond de tigre, la maîtresse des lieux nous rejoint alors, heureuse de nous avoir charmé, et nous conte de sa voix grave, avec mille pantomimes, les dessous de l'histoire. La main aux griffes entrées posée sur l'accoudoir, elle tisse et entremêle souvenirs, anecdotes, récits véridiques, tout cela entrecoupé de réflexions sarcastiques, de mouvements du corps, de bouleversements du visage qui trahissent le maelström d'une pensée sauvage. On assiste au spectacle protéiforme d'une diablesse maintenant déchaînée, dont le rire gargantuesque franchit les océans, et cette toile, à la fois décor et filet, nous berce de l'illusion d'avoir vaincu la fiction. Mais il suffit que notre hôte, dans un demi-sourire, reprenne l'anonymat du joueur de *bunraku*, toujours masqué derrière ses marionnettes, et qu'elle murmure ce troublant aphorisme « La vérité est la part du discours passée sous silence », pour que le doute nous assaille, que le spectacle, la disparition du machiniste ayant modifié l'éclairage, nous captive à nouveau et de ce fait nous trompe car, « même quand il semble ne rien arriver, on ne peut jamais en conclure qu'il n'arrive rien ».

Pourtant, la réalité n'est pas absente : il y eut des voyages, en Inde, à Sumatra, à Bornéo. Il y a des histoires vécues, des faits historiques avérés. D'illustres personnalités passent dans la fiction : Edgar Poe, Beatrice Cenci, Sir James Brooke. Les descriptions de Venise, de Kuching, de Rome semblent copiées d'après nature. Mais puisque nous sommes prévenus, sachons lire entre les lignes et plongeons dans les ténèbres qui entourent cette création, à l'image de Venise, dont les eaux boueuses offrent la « réplique inversée des palais et des coupoles » de la Sérénissime. Simple question d'optique, qui demande l'ajustement de diapositives contradictoires dont naîtra la juste perception de la réalité. Dans un univers où les détours de la Mort sont aussi imprévisibles que ceux de la Vie, « il faut penser à ce que répètent les miroirs et à ce que signifie l'ombre portée », le reflet n'existant que par la loi d'une subtile anamorphose qui déforme les traits et demande une attention de chaque instant. Sa filiation n'est pas erronée ; c'est bien la petite-fille de Donatien qui écrit ces textes : l'œuvre, décadente et cruelle, échappe à l'interprétation commune, se joue des pièges mais tend des chausse-trapes, glisse et s'attarde sur l'éclat d'un tissu, la spirale d'une boucle, la courbe des sourcils, tous accessoires de théâtre qu'elle privilégie pour parfaire l'illusion tout en en soulignant la vanité ainsi que celle du modèle, permettant ainsi l'accès à un « autre côté », une « autre scène[1] » dont les moyens, pris à la scène traditionnelle, laisseraient percer, par transparence opaque, la vacuité même de ce peu de réalité et l'imposture de toute croyance. Les décors sont en trompe-l'œil, toiles de maître ôtées de leur cadre et tendues en fond de scène, photos agrandies à l'échelle du paysage. La chronologie, nécessairement artificielle et comme « ramassée » pour satisfaire aux besoins de la représentation, se soumet entièrement à l'impératif du *fatum*, destin inexorable que la cruelle pythie compare à « l'usure de la corde destinée à rompre ». Les personnages peuvent être des fantoches dérisoires, des corps de marionnettes où les mains de la manipulatrice miment les soubresauts de l'agonie. Nulle issue, « le complot est ourdi et nous savons qu'il n'est pas neuf, les personnages grimés sans qu'il fût besoin de les charger, les décors posés en des couleurs de cendre et de boucherie : le drame peut commencer ».

Il se peut qu'on soit seul au salon. Aucun mouvement ne perturbe l'agencement du décor. Il se peut qu'on s'interroge sur le manque de prudence dont on fit preuve depuis le début de cette aventure. Il se peut qu'on soit en novembre, ou que la nuit soit déjà tombée, qui « toujours apporte

1. L'expression est empruntée à Annie Le Brun dans son article « Les petits et les grands théâtres du marquis de Sade », in *De l'inanité de la littérature*, Les Belles Lettres, 1994.

quelque chose d'inattendu bien que préparé depuis toujours ». Il se peut qu'on étouffe, que la tête nous tourne quand devant nous s'éploient des « visages toujours recommencés, toujours renouvelés, s'épanchant les uns dans les autres en un mouvement perpétuel comme celui de la mer où elles sont nées ».

Elles ? Les Harpies, les ravisseuses, les rafleuses. « Ici, le spectateur doit avoir compris. » Les cheveux gris nous avaient trompés : l'œil fendu en amande se rétracte cruellement et d'un coup de patte griffes dehors, la vieille tigresse nous abat. Volupté du sang chaud s'égouttant de l'échine. Dans un glissement soyeux qui soulève la peau, la main se retire du manchon du corps, et l'on s'écroule sous les applaudissements, tandis que les derniers projecteurs s'éteignent et plongent le Wittkop Theater dans l'obscurité.

NIKOLA DELESCLUSE

DE LA MÊME AUTRICE

Aux Éditions Verticales

SÉRÉNISSIME ASSASSINAT
LA MORT DE C. *suivi de* LE PURITAIN PASSIONNÉ (L'Imaginaire n° 766).
LE NÉCROPHILE
LE SOMMEIL DE LA RAISON
LA MARCHANDE D'ENFANTS
CHAQUE JOUR EST UN ARBRE QUI TOMBE
LES RAJAHS BLANCS
CARNETS D'ASIE
LES DÉPARTS EXEMPLAIRES
USAGES DU FAUX

Aux Éditions Bourgois

LES HÉRITAGES

Collection **L'Imaginaire**

Axée sur les constructions de l'imagination, cette collection vous invite à découvrir les textes les plus originaux des littératures romanesques française et étrangères.

Derniers volumes parus

578. **Jean-Loup Trassard** L'ANCOLIE
579. **Panaït Istrati** NERRANTSOULA
580. **Ana María Matute** LE TEMPS
581. **Thomas Bernhard** EXTINCTION
582. **Donald Barthelme** LA VILLE EST TRISTE
583. **Philippe Soupault** LE GRAND HOMME
584. **Robert Walser** LA ROSE
585. **Pablo Neruda** NÉ POUR NAÎTRE
586. **Thomas Hardy** LE TROMPETTE-MAJOR
587. **Pierre Bergounioux** L'ORPHELIN
588. **Marguerite Duras** NATHALIE GRANGER suivi de LA FEMME DU GANGE
589. **Jean Tardieu** LES TOURS DE TRÉBIZONDE
590. **Stéphane Mallarmé** THÈMES ANGLAIS POUR TOUTES LES GRAMMAIRES
591. **Sherwood Anderson** WINESBURG-EN-OHIO
592. **Luigi Pirandello** VIEILLE SICILE
593. **Guillaume Apollinaire** LETTRES À LOU
594. **Emmanuel Berl** PRÉSENCE DES MORTS
595. **Charles-Ferdinand Ramuz** LA SÉPARATION DES RACES
596. **Michel Chaillou** DOMESTIQUE CHEZ MONTAIGNE
597. **John Keats** LETTRES À FANNY BRAWNE
598. **Jean Métellus** LA FAMILLE VORTEX
599. **Thomas Mofolo** CHAKA

600. **Marcel Jouhandeau** LE LIVRE DE MON PÈRE ET DE MA MÈRE
601. **Hans Magnus Enzensberger** LE BREF ÉTÉ DE L'ANARCHIE
602. **Raymond Queneau** UNE HISTOIRE MODÈLE
603. **Joseph Kessel** AU GRAND SOCCO
604. **Georges Perec** LA BOUTIQUE OBSCURE
605. **Pierre Jean Jouve** HÉCATE suivi de VAGADU
606. **Jean Paulhan** BRAQUE LE PATRON
607. **Jean Grenier** SUR LA MORT D'UN CHIEN
608. **Nathaniel Hawthorne** VALJOIE
609. **Camilo José Cela** VOYAGE EN ALCARRIA
610. **Leonardo Sciascia** TODO MODO
611. **Théodor Fontane** MADAME JENNY TREIBEL
612. **Charles-Louis Philippe** CROQUIGNOLE
613. **Kôbô Abé** RENDEZ-VOUS SECRET
614. **Pierre Bourgeade** NEW YORK PARTY
615. **Juan Carlos Onetti** LE CHANTIER
616. **Giorgio Bassani** L'ODEUR DU FOIN
617. **Louis Calaferte** PROMENADE DANS UN PARC
618. **Henri Bosco** UN OUBLI MOINS PROFOND
619. **Pierre Herbart** LA LIGNE DE FORCE
620. **V. S. Naipaul** MIGUEL STREET
621. **Novalis** HENRI D'OFTERDINGEN
622. **Thomas Bernhard** LE FROID
623. **Iouri Bouïda** LE TRAIN ZÉRO
624. **Josef Škvorecký** MIRACLE EN BOHÊME
625. **Kenzaburô Ôé** ARRACHEZ LES BOURGEONS, TIREZ SUR LES ENFANTS
626. **Rabindranath Tagore** MASHI
627. **Victor Hugo** LE PROMONTOIRE DU SONGE
628. **Eugène Dabit** L'ÎLE
629. **Herman Melville** OMOU
630. **Juan Carlos Onetti** LES BAS-FONDS DU RÊVE
631. **Julio Cortázar** GÎTES
632. **Silvina Ocampo** MÉMOIRES SECRÈTES D'UNE POUPÉE
633. **Flannery O'Connor** LA SAGESSE DANS LE SANG

634. **Paul Morand** LE FLAGELLANT DE SÉVILLE
635. **Henri Michaux** DÉPLACEMENTS DÉGAGEMENTS
636. **Robert Desnos** DE L'ÉROTISME
637. **Raymond Roussel** LA DOUBLURE
638. **Panaït Istrati** ONCLE ANGHEL
639. **Henry James** LA MAISON NATALE
640. **André Hardellet** DONNEZ-MOI LE TEMPS suivi de LA PROMENADE IMAGINAIRE
641. **Patrick White** UNE CEINTURE DE FEUILLES
642. **F. Scott Fitzgerald** TOUS LES JEUNES GENS TRISTES
643. **Jean-Jacques Schuhl** TÉLEX N° 1
644. **Guillaume Apollinaire** LES TROIS DON JUAN
645. **Curzio Malaparte** LE BAL AU KREMLIN
646. **Rainer Maria Rilke** DEUX HISTOIRES PRAGOISES
647. **Junichirô Tanizaki** LE SECRET ET AUTRES TEXTES
648. **V. S. Naipaul** UN DRAPEAU SUR L'ÎLE
649. **Adalbert Stifter** LES GRANDS BOIS
650. **Joseph Conrad** AU CŒUR DES TÉNÈBRES
651. **Piotr Rawicz** LE SANG DU CIEL
652. **Julio Cortázar** FAÇONS DE PERDRE
653. **Henri Calet** DE MA LUCARNE
654. **William Faulkner** LES LARRONS
655. **Truman Capote** LES CHIENS ABOIENT
656. **Robert Walser** LE BRIGAND
657. **Jean Rhys** SOURIEZ, S'IL VOUS PLAÎT
658. **Mouloudji** ENRICO
659. **Philippe Soupault** CHARLOT
660. **Patrick White** ÉDEN-VILLE
661. **Beppe Fenoglio** L'EMBUSCADE
662. **Cesare Pavese** LE BEL ÉTÉ
663. **Iris Murdoch** AMOUR PROFANE, AMOUR SACRÉ
664. **Giuseppe Antonio Borgese** VIE DE FILIPPO RUBÈ
665. **Federico García Lorca** IMPRESSIONS ET PAYSAGES
666. **Blaise Cendrars** MON VOYAGE EN AMÉRIQUE suivi du RETOUR

667. **Graciliano Ramos** SÃO BERNARDO

668. **Darcy Ribeiro** UTOPIE SAUVAGE

669. **Pierre Gascar** LE PRÉSAGE

670. **Cesare Pavese** SALUT MASINO

671. **D. H. Lawrence** LES FILLES DU PASTEUR

672. **Violette Leduc** LA VIEILLE FILLE ET LE MORT

673. **Marcel Proust** CHRONIQUES

674. **Philippe Soupault** LE TEMPS DES ASSASSINS

675. **Claudio Magris** ENQUÊTE SUR UN SABRE

676. **Alejo Carpentier** CHASSE À L'HOMME

677. **Roger Caillois** PONCE PILATE

678. **Jean Paulhan** LE GUERRIER APPLIQUÉ. PROGRÈS EN AMOUR ASSEZ LENTS. LALIE

679. **Milan Füst** L'HISTOIRE DE MA FEMME

680. **Marc Bernard** MAYORQUINAS

681. **Ernst von Salomon** LE QUESTIONNAIRE

682. **Nelson Algren** LA RUE CHAUDE

683. **Thomas Bernhard** UN ENFANT

684. **Jorge Luis Borges** ANTHOLOGIE PERSONNELLE

685. **Violette Leduc** LA FEMME AU PETIT RENARD

686. **Isaac Babel** CONTES D'ODESSA suivi de NOUVELLES

687. **Karen Blixen** LETTRES D'AFRIQUE 1914-1931

688. **Robert Desnos** NOUVELLES HÉBRIDES suivi de DADA-SURRÉALISME 1927

689. **Kenzaburô Ôé** LE JEU DU SIÈCLE

690. **Joseph Conrad** UN PARIA DES ÎLES

691. **Inès Cagnati** LE JOUR DE CONGÉ

692. **Kenzaburô Ôé** LE FASTE DES MORTS

693. **Raymond Queneau** LE DIMANCHE DE LA VIE

694. **Louis Calaferte** C'EST LA GUERRE

695. **Vladimir Nabokov** ROI, DAME, VALET

696. **Lawrence Durrell** LE SOURIRE DU TAO

697. **Henri Calet** FIÈVRE DES POLDERS

698. **Eugène Ionesco** LE BLANC ET LE NOIR

699. **Erskine Caldwell** LES VOIES DU SEIGNEUR

700. **Vassili Axionov** L'OISEAU D'ACIER
701. **John Updike** COUPLES
702. **Thomas Bernhard** LES MANGE-PAS-CHER
703. **Alejo Carpentier** LA DANSE SACRALE
704. **John Edgar Wideman** DEUX VILLES
705. **Réjean Ducharme** DÉVADÉ
706. **Lawrence Osborne** ANIA MALINA
707. **René Depestre** ALLÉLUIA POUR UNE FEMME-JARDIN
708. **Hector Bianciotti** SANS LA MISÉRICORDE DU CHRIST
709. **Nathalie Sarraute** MARTEREAU
710. **Isaac Babel** CAVALERIE ROUGE
711. **Panaït Istrati** CODINE. MIKHAÏL. MES DÉPARTS. LE PÊCHEUR D'ÉPONGES
712. **John Rechy** CITÉ DE LA NUIT
713. **Peter Handke** HISTOIRE D'ENFANT
714. **Ernst Jünger** LE LANCE-PIERRES
715. **John Dos Passos** AVENTURES D'UN JEUNE HOMME
716. **Anna Maria Ortese** LA DOULEUR DU CHARDONNERET
717. **Victor Segalen** LETTRES D'UNE VIE
718. **Jean Giono** POUR SALUER MELVILLE
719. **Herman Melville** PIERRE OU LES AMBIGUÏTÉS
720. **Herman Melville** VAREUSE-BLANCHE
721. **Amos Oz** JUSQU'À LA MORT
722. **Amos Oz** LA COLLINE DU MAUVAIS-CONSEIL
723. **Anna Maria Ortese** L'IGUANE
724. **Isaac Babel** MES PREMIERS HONORAIRES
725. **Natalie Barney** NOUVELLES PENSÉES DE L'AMAZONE
726. **William Styron** LA PROIE DES FLAMMES I
727. **William Styron** LA PROIE DES FLAMMES II
728. **Gisèle Halimi** LE LAIT DE L'ORANGER
729. **Andrée Viollis** CRIQUET
730. **Hélène Cixous** LE LIVRE DE PROMETHEA
731. **Chantal Akerman** MA MÈRE RIT
732. **Hervé Guibert** L'INCOGNITO
733. **Édouard Glissant** LE QUATRIÈME SIÈCLE

Composition : IGS-CP à L'Isle-d'Espagnac (16)
Achevé d'imprimer par Normandie Roto Impression s.a.s.
à Lonrai, en avril 2025
Dépôt légal : avril 2025
Numéro d'imprimeur : 2501383
ISBN : 978-2-07-308831-4 / Imprimé en France
643510